AF215605

Band 41
Robert Louis Stevenson
Der seltsame Fall des Doktor Jekyll und des Herrn Hyde

Robert Louis Stevenson
Der seltsame Fall des Doktor Jekyll und des Herrn Hyde

Band 41
1.Auflage
TLK Taschenb.-Literatur-Klassiker
Herausgeber Frank Weber, Marburg
Bibliografische Information der Deutschen Nationalbibliothek:
Die Deutsche Nationalbibliothek verzeichnet diese Publikation in der Deutschen
Nationalbibliografie; detaillierte bibliografische Daten sind im Internet abrufbar über
http://dnb.dnb.de
© 2019 Robert Louis Stevenson
ISBN: 9783750432239
Herstellung und Verlag: BoD – Books on Demand, Norderstedt

Inhalt

Der seltsame Fall des Doktor Jekyll und des Herrn Hyde

I.

Der Rechtsanwalt Utterson hatte ein strenges, von tiefen Falten durchfurchtes Gesicht, das nie durch ein Lächeln erheitert wurde, kalt, kurz und verlegen in seiner Unterhaltung, zurückhaltend im Ausdruck seiner Gefühle; lang, dürr und schwermütig war er – und doch konnte man nicht umhin, den Mann lieb zu haben.

Unter alten Freunden, nach einem guten Diner, wenn der Wein ihm besonders schmeckte, strahlte etwas unbeschreiblich Liebevolles aus seinen Augen, etwas, dem er in seiner Rede nie Ausdruck zu geben vermochte, aber das sich oft und laut in seinen Handlungen aussprach. Er war streng mit sich selbst; wenn er allein war, trank er gewöhnlichen Gin, um seine Vorliebe für gute Weine abzutöten. Er war ein großer Verehrer des Dramas, doch hatte er seit zwanzig Jahren kein Theater besucht. Er hatte aber grundsätzlich eine große Duldsamkeit für die Schwächen anderer; er schien fast mit Neid das Ueberfließen von Temperament zu bewundern, das die Ursache ihrer Untaten war, und in allen Fällen war er geneigt, lieber zu helfen, als zu tadeln. »Ich folge Kains gottloser Ketzerei,« pflegte er in seiner eigentümlichen Weise zu sagen, »und lasse meinen Bruder seinen eigenen Weg zum Teufel gehen.« Daher kam es denn auch häufig, daß er die letzte und einzige anständige Bekanntschaft von verkommenen Menschen war; und diesen gegenüber bezeigte er, wenn sie ihn besuchten, auch nie die geringste Veränderung in seinem Wesen. –

Dies konnte übrigens Herrn Utterson nicht schwer fallen, da er ja überhaupt sehr zurückhaltend war; selbst seine Freunde schienen nach dem Prinzip der allgemeinen Nachsicht gewählt zu sein. Es waren dies hauptsächlich Verwandte, oder Leute, die er viele Jahre gekannt hatte; seine Zuneigung war eine Frucht der Zeit, nicht einer besonderen Seelenverwandtschaft. Eine solche Freundschaft verband ihn seit Jahren mit seinem entfernten und jüngeren Verwandten, Richard Enfield, einem Lebemann im besten Sinne des Wortes. Es war für viele ein unerklärliches Rätsel, was diese beiden miteinander gemein haben konnten. Man begegnete ihnen häufig auf ihren Sonntagsspaziergängen, und es fiel jedem auf, daß sie nie miteinander sprachen, daß sie ganz besonders trostlos und gelangweilt aussahen, und daß beide mit unverkennbarer Erleichterung das zufällige Begegnen eines Freundes begrüßten. Trotzdem hielten die beiden Männer sehr viel auf diese Spaziergänge, die sie als das größte Vergnügen der ganzen Woche betrachteten, und denen sie andere Zerstreuungen und sogar geschäftliche Angelegenheiten gern opferten.

Eines Tages kamen sie auf einer dieser Wanderungen durch eine kleine Nebenstraße in einem sehr lebhaften Viertel der Stadt, in welcher während der Wochentage rege Geschäfte betrieben wurden. Die Bewohner schienen alle wohlhabende Leute zu sein. Die Schaufenster der Läden waren geschmackvoll, man möchte sagen kokett hergerichtet und schienen die Vorübergehenden wie lächelnde Ladenmädchen zum Kauf aufzufordern. Selbst Sonntags, wenn der Prunk der Ladenfenster verhüllt, und die Straße verhältnismäßig ruhig war, glänzte sie im Vergleich mit der unsauberen Umgebung wie ein Feuer im Walde. Die neu gemalten Türen und Fensterrahmen, die glänzend polierten Messingknöpfe und Klinken der Haustüren, die allgemeine Reinlichkeit und Freundlichkeit mußten jedermann anziehen und gefallen.

Zwei Häuser weit von der linken Ecke wurde diese Reihe von hübschen Häusern durch eine Sackgasse unterbrochen. Gerade an dieser Stelle stand ein unheimlich aussehendes Gebäude, das seinen Giebel frech und drohend in die Straße hinausstreckte. Es war ein niedriges Haus, ohne Fenster. Die schmutzigen Mauern, die enge Tür, an der Wind und Wetter die Oelfarbe größtenteils abgebröckelt hatten, und die weder Klingel noch Klinke zeigte, waren Zeugen langer, knausriger Vernachlässigung. Bettler und Vagabunden fanden in der Vertiefung ein Obdach gegen Regen und Sturm; die Schuljungen hatten ihre Namen mit allerlei Verzierungen in die Felder der Tür geschnitten; niemand in der Straße erinnerte sich, dieselbe je offen gesehen zu haben.

Herr Enfield und der Advokat gingen auf der rechten Seite der Straße. Als sie gerade der unheimlichen Tür gegenüber waren, deutete der erstere mit seinem Spazierstock auf dieselbe.

»Hast du jemals diese Tür bemerkt?« fragte er seinen Freund, und als dieser eine bejahende Bewegung machte, fuhr er fort: »Ich habe einmal eine ganz seltsame Geschichte hier erlebt.«

»Wirklich?« sagte Utterson mit einer kaum bemerkbaren Veränderung der Stimme. »Was war es denn?«

»An einem kalten, dunklen Wintermorgen, – es mochte vielleicht drei Uhr sein – führte mich mein Heimweg von einem entfernten Stadtteile durch ein Labyrinth von engen Straßen, in denen absolut weiter nichts zu sehen war, als die Laternen. Ich durchwanderte eine Straße nach der anderen, alle hell erleuchtet, als ob man eine Prozession erwartete, aber leer wie eine Kirche. Ich wurde ganz nervös; ich horchte und horchte – kein Laut. Ich hätte alles darum gegeben, wenn ich nur einen Polizisten gesehen hätte! Plötzlich bemerkte ich nicht weit von mir zwei Gestalten: einen kleinen Mann, der schnellen Schrittes nach dem östlichen Teile der Stadt ging, und ein kleines Mädchen von acht bis zehn Jahren, das, so schnell es konnte, eine der Querstraßen hinablief. An der Ecke stießen die beiden heftig gegeneinander; und nun kommt das Gräßliche der Geschichte: der Mann trampelte ruhig über den Körper des hingefallenen Kindes hinweg, ohne sich im geringsten um das Geschrei desselben zu bekümmern. Das scheint gar nicht so schlimm, wenn man es so hört, aber, ich versichere dich, es war grauenhaft mit anzusehen, es lag etwas Dämonisches, unbeschreiblich Brutales darin. Ich lief dem Kerl nach, der sich indes durchaus nicht zu beeilen schien. Ich hielt ihn beim Kragen und führte ihn dahin zurück, wo das Kind lag, um das sich auch bereits eine kleine Gruppe von Menschen gebildet hatte. Es waren die Angehörigen des kleinen Mädchens, und ziemlich bald erschien auch ein Arzt, zu dem das Kind vorhin geschickt worden war. Er erklärte, das Kind sei nicht verletzt; der ausgestandene Schreck und die Furcht seien das Schlimmste, was ihm zugestoßen wäre. Damit war aber die Geschichte noch nicht vorbei. Der Täter war vollständig gefaßt und leistete nicht den geringsten Widerstand; aber mich sah er an, mit einem Blick so teuflisch, so gehässig, daß mir der kalte Schweiß auf die Stirne trat. Vom ersten Augenblick an flößte er mir ein Gefühl von Grauen ein, wie ich es noch nie empfunden. Er machte selbstverständlich denselben Eindruck auf die Familie des Kindes. Was mir jedoch am meisten auffiel, war das sonderbare Benehmen des Doktors. Es war einer von jenen alltäglichen, unbekannten Aerzten, wie man sie zu Hunderten in den großen Städten findet. Er sprach mit einem starken schottischen Akzent und schien ungefähr ebensoviel Gefühl zu besitzen, wie eine Sphinx. Aber so oft er unseren Gefangenen ansah,

9

nahm sein Gesicht einen Ausdruck an, als wollte er dem Kerl an die Kehle springen und ihn erwürgen. Ich wußte, was in ihm vorging; und er wußte, was ich empfand. Wir konnten den Elenden nicht totschlagen, aber wir wollten ihn doch bestrafen. Wir sagten ihm, wir würden die Geschichte durch die ganze Stadt bekannt machen, so daß er sich nicht mehr vor anständigen Leuten sehen lassen könne. Wenn er irgend welche Freunde besäße, wenn ihm irgend jemand bisher Vertrauen geschenkt hätte, so würden wir schon dafür sorgen, daß er all dieses einbüßen sollte. Ich hatte die größte Mühe, die Weiber, die sich unterdessen versammelt hatten, von ihm fernzuhalten – sie rasten gegen ihn wie Furien. In meinem Leben habe ich nie Gesichter so voll von Haß und Abscheu gesehen. Und der Mann stand in der Mitte: ruhig, finster und höhnisch. Es war ihm wohl auch bange, das konnte ich merken, aber er zeigte es nicht; er stand da, kalt und trotzig wie ein Satan. »Wenn ihr Geld aus diesem Unfall schlagen wollt,« sagte er endlich, »so fordert! Ich muß tun, was ihr verlangt. Als Gentleman wünsche ich jeden öffentlichen Skandal zu vermeiden, also nennt die Summe!« Wir verlangten hundert Pfund Sterling zum Besten der armen Familie. Anfangs schien es, als wollte er sich sträuben, aber er mochte uns wohl ansehen, daß wir Ernst machten und nicht mit uns handeln ließen. Wie sollten wir indessen das Geld bekommen? Was glaubst du, was nun geschah? Er führte uns dort vor jene Tür, nahm einen Schlüssel aus der Tasche, öffnete sie und verschwand. Nach wenigen Minuten kam er zurück mit zehn Pfund in Gold und einem Scheck auf Coutts, mit einer Unterschrift versehen, die mich in unbeschreibliches Erstaunen versetzte. Ich kann dir den Namen nicht nennen, obgleich dies wohl das seltsamste an der Geschichte ist. Ich will dir nur sagen, daß es ein Name ist, den man oft hört und oft liest. Der Betrag des Schecks war ziemlich hoch, aber die Unterschrift – ihre Echtheit vorausgesetzt – war gut selbst für einen weit höheren Betrag. Ich erlaubte mir, diesem merkwürdigen Herrn anzudeuten, im gewöhnlichen Leben käme es nicht gerade alle Tage vor, daß ein Mann um vier Uhr morgens in einem Keller verschwinde und wenige Minuten darauf mit einem Scheck, von einem andern unterschrieben, erscheine. Er blieb kalt und höhnisch wie zuvor. »Beunruhigen Sie sich nicht,« sagte er, »ich werde bei Ihnen bleiben, bis die Bank geöffnet wird, und bei der Einlösung des Schecks zugegen sein.« Wir waren damit zufrieden. Der Doktor, der Vater des Kindes, der Uebeltäter selbst und ich gingen nach meiner Wohnung, wo wir bis zum Morgen warteten. Nach dem Frühstück gingen wir miteinander nach der Bank. Ich händigte selbst den Scheck ein, unterließ es jedoch nicht, zu bemerken, daß ich alle Ursache habe, zu vermuten, daß die Unterschrift gefälscht sei. Wir hatten uns alle geirrt, der Scheck war gut und wurde bezahlt.«

»Wirklich?« sagte Herr Utterson.

»Du denkst darüber wie ich,« sagte Enfield, »es ist eine böse Geschichte. Niemand sollte mit einem solchen Schurken etwas zu tun haben. Und der Mann, der den Scheck gezogen hat, bekleidet eine hohe gesellschaftliche Stellung, ist eine Berühmtheit in seinem Fache und, was das schlimmste ist, gilt für einen von jenen Herren, von denen man sagt, daß sie ›viel Gutes‹ tun. Doch es ist vielleicht die alte Geschichte: Gelderpressung! Ein anständiger Mann, der jetzt für eine kleine Jugendsünde teuer bezahlen muß; obgleich selbst diese Annahme noch lange nicht alles aufklärt.«

Nach diesen Worten verfiel Herr Enfield in ein tiefes Nachdenken. Aus diesem wurde er von Utterson erweckt, der in etwas hastiger Weise fragte:

»Weißt du vielleicht, ob der Mann, der den Scheck unterschrieben hat, dort wohnt?«

»Das ist nicht sehr wahrscheinlich,« sagte Herr Enfield, »aber ich habe mir seine Adresse gemerkt, er wohnt in einem der großen Squares.«

»Und hast du jemals irgend welche Erkundigungen über ... jenes rätselhafte Haus eingezogen?« fragte Herr Utterson.

»Nein, Utterson,« war die Antwort. »Ich hatte eine unerklärliche Abneigung, tiefer in die Geschichte einzudringen. Ueberhaupt, ich stöbere nicht gern in anderer Leute Angelegenheiten. Versuche es nur einmal, ein Geheimnis ans Tageslicht zu bringen. Wer eine Frage stellt, der schleudert sozusagen einen Stein, man weiß nicht, wo er hinfliegt und wen er trifft. Man sitzt ruhig auf einem Hügel, stößt einen Stein mit dem Fuße herab – er rollt und rollt, nimmt andere Steine mit sich und trifft jemand, an den man gar nicht gedacht hat, und eine Familie ist entehrt. Nein, Utterson, ich habe es mir zum Grundsatz gemacht: Je verdächtiger und seltsamer mir eine Geschichte erscheint, desto weniger bekümmere ich mich darum.«

»Ein ausgezeichneter Grundsatz, Enfield,« sagte der Advokat.

»Ich habe mir aber selber das Haus und die Umgebung genau angesehen,« fuhr Herr Enfield fort. »Man kann es kaum ein Haus nennen. Es hat nur die eine Tür, und die wird sehr selten geöffnet. Niemand geht ein und aus mit Ausnahme des unheimlichen Helden meines nächtlichen Abenteuers. Hinten sind drei Fenster im ersten Stock, die nach dem Hofe gehen. Sie sind stets geschlossen, aber reinlich gehalten. Ich sehe auch häufig Rauch aus dem Schornstein steigen, es muß also jemand dort wohnen. Ich bin jedoch meiner Sache nicht ganz sicher, denn die Häuser sind so dicht aneinander gedrängt, daß es schwer zu sagen ist, wo das eine aufhört und das andere anfängt.«

Die Freunde gingen eine Zeitlang stillschweigend weiter.

»Enfield,« sagte Herr Utterson plötzlich, »das ist ein ausgezeichneter Grundsatz.«

»Ja, ich glaube es auch,« erwiderte Enfield.

»Doch,« fuhr der Advokat fort, »möchte ich eine Frage an dich stellen: Wie heißt der Mann, der das kleine Mädchen niedergetreten hat?«

»Ich sehe keinen Grund,« sagte Enfield, »dir das zu verheimlichen; sein Name ist Hyde.«

»Hm,« sagte Herr Utterson. »Wie sieht er denn aus?«

»Das ist wirklich schwer zu beschreiben. Es ist etwas ganz Befremdliches in seiner Erscheinung – etwas Unheimliches, Furchtbares. Er muß verwachsen sein – wenigstens macht er den Eindruck – man kann aber nicht sehen, wo. Er ist ein merkwürdig aussehender Mensch, und doch kann ich dir nicht sagen, was mir an ihm auffällt. Es ist eine verkehrte Geschichte von Anfang bis zu Ende. Ich kann ihn dir nicht beschreiben, und doch sehe ich ihn diesen Augenblick deutlich vor mir.«

Herr Utterson ging wieder eine Zeitlang stillschweigend dahin, augenscheinlich in tiefes Nachdenken versunken.

»Du bist also ganz sicher,« sagte er endlich, »daß der Mann einen Schlüssel hatte?«

»Mein liebster Utterson,« begann Enfield fast ärgerlich.

»Ja, ja,« unterbrach ihn Utterson, »ich kann mir wohl denken, daß dir meine Fragen seltsam erscheinen. Siehst du, Richard, ich frage dich eben nicht nach dem Namen desjenigen, der den Scheck unterschrieben hat, weil ich diesen Namen schon kenne. Die Geschichte hat mich mehr betroffen, als du glaubst; und deshalb bitte ich dich, wenn du in irgend einem Punkte deiner Erzählung nicht ganz genau gewesen bist, so laß es mich jetzt wissen.«

»Du hättest mir das vorher sagen sollen,« sagte der andere verstimmt. »Ich weiß jedoch, daß ich dir alles mit ziemlicher Genauigkeit erzählt habe. Der Kerl hatte einen Schlüssel und hat ihn heute noch. Ich habe erst vor einigen Tagen gesehen, wie er die Tür aufschloß.«

Herr Utterson seufzte tief, sagte aber kein Wort.

»Ich habe heute wieder eine Lektion erhalten,« sagte Enfield. »Ich schäme mich fast meiner Schwätzerei. Utterson, wir wollen uns vornehmen, nie wieder von dieser Geschichte zu sprechen.«

»Nie wieder,« sagte Utterson.

Sie reichten sich die Hände, und dann trennten sie sich.

II.

An jenem Abend kehrte Herr Utterson in einer sehr ernsten, trüben Stimmung in seine Junggesellenwohnung zurück. Er setzte sich zu Tisch, hatte jedoch keinen Appetit. Gewöhnlich verbrachte er den Sonntagabend mit der Lektüre irgend eines trockenen theologischen Werkes, bis die benachbarte Kirchenuhr zwölf schlug; dann legte er sich ruhig schlafen. An diesem Abend war es aber anders. Sobald der Tisch abgedeckt war, erhob er sich, nahm ein Licht und ging in seine Arbeitsstube. Dort öffnete er einen eisernen Schrank und nahm aus einer kleinen Schublade ein Dokument, auf dessen Umschlag geschrieben stand: »Doktor Jekylls Testament«. Mit tief gefalteter Stirn setzte er sich hin und las es aufmerksam durch. Das Testament war von des Erblassers eigener Hand geschrieben; denn Herr Utterson, obgleich er es in Verwahrung genommen, hatte sich auf das bestimmteste geweigert, bei der Aussetzung desselben behilflich zu sein. Das Testament bestimmte, daß nach dem Tode von Henry Jekyll, Dr. phil., Dr. med. usw. nicht nur sein ganzes Besitztum seinem »Freunde und Wohltäter Herrn Edward Hyde« vermacht werden sollte, sondern auch, daß, falls Doktor Jekyll auf unerklärliche Weise verschwinden oder länger als drei Monate von seinem Hause abwesend sein würde, der genannte Edward Hyde von dein Vermögen Besitz nehmen solle, und zwar »ohne jedwede Verhinderung, Belästigung oder Verpflichtung« außer der Zahlung einiger kleiner Beträge an die Dienerschaft des Doktor Jekyll.

Dieses Testament war Utterson längst ein Dorn im Auge gewesen. Es widerstrebte nicht nur seinem Rechtsgefühl als Advokat, sondern auch seinem gesunden Menschenverstand, dem alles Seltsame, Grillenhafte als etwas Unrechtes erschien. Bis jetzt war es die vollständige Unkenntnis von allem, was diesen Edward Hyde betraf, gewesen, die seine Entrüstung hervorgerufen – jetzt kannte er den Mann. Schlimm genug schon war es gewesen, als dieser Mann für ihn eben nur ein Name war, bei dem er sich nichts Besonderes vorstellen konnte. Nun aber war mit diesem Namen eine niederträchtige Handlung verbunden. Aus dem schwankenden, dunklen Nebel, der dieses Wesen bis jetzt umschleiert hatte, sprang plötzlich die Gestalt eines Teufels hervor.

»Ich glaubte erst, es wäre Wahnsinn,« sagte er, als er das verhaßte Schriftstück in den Schrank zurücklegte, »jetzt fürchte ich, es ist eine Schandtat.«

Gleich darauf zog er seinen Ueberrock an und ging nach Cavendish Square, wo sein Freund, der berühmte Doktor Lanyon wohnte.

»Wenn irgend einer mir Auskunft geben kann, so ist es Lanyon,« sagte er sich.

Der alte, vornehm und feierlich aussehende Diener des großen Arztes empfing ihn mit üblicher Höflichkeit und Würde und führte ihn in das Speisezimmer, wo Doktor Lanyon nach dem Essen allein bei seinem Glase Portwein saß. Lanyon war ein kleiner, kräftiger, flinker ältlicher Herr, mit blühender Gesichtsfarbe und einer Unmasse von schneeweißem, lockigem Haar – laut, lebhaft und entschieden in seinen Manieren. Sobald Utterson in das Zimmer trat, sprang der Arzt auf, hielt ihm beide Hände entgegen und hieß ihn auf das herzlichste willkommen. Für Fremde hatte diese überfließende Freundlichkeit etwas Theatralisches an sich, aber sie beruhte in diesem Falle wirklich auf einer tieferen Empfindung. Die beiden waren alte Freunde von der Schule und Universität her, sie hegten die größte Achtung voreinander und – was sonst selbst unter diesen Umständen nicht immer der Fall ist – sie fanden großes Vergnügen darin, oft und lange zusammen zu sein.

–

Nach einigen Worten über alltägliche Sachen brachte der Advokat die Unterhaltung auf den Gegenstand, der vor allem seine Gedanken beherrschte.

»Lanyon,« sagte er, »ich glaube, daß wir beide Henry Jekylls älteste Freunde sind.«

»Ich möchte, die Freunde wären ein bißchen jünger,« erwiderte Lanyon lächelnd, »ja, ich glaube, wir sind seine ältesten Freunde. Aber was bringt dich darauf? Ich habe ihn seit längerer Zeit nur selten gesehen.«

»In der Tat?« sagte Utterson. »Ich glaubte, eure gemeinschaftlichen Interessen brächten euch häufig zusammen.«

»Früher war dies wohl der Fall,« sagte Lanyon. »Aber ich will dir offen gestehen, Utterson, während der letzten Jahre ist mir Jekylls ganze Art und Weise ein Rätsel gewesen. Irgend etwas ist nicht ganz richtig mit dem Mann: ich weiß nicht, was es ist. Es scheint mir manchmal, als ob er seinen Verstand verlöre. Natürlich nehme ich noch immer großes Interesse an allem, was ihn betrifft, schon unserer alten Bekanntschaft wegen. Ich sehe ihn aber, wie gesagt, sehr wenig. Seine verkehrten Ansichten über wissenschaftliche Dinge würden allein genügen, um Dämon und Phintias zu verfeinden.«

Lanyon sprach diese letzten Worte in einem Tone ungewohnter Erregung, fast mit einer gewissen Gereiztheit aus.

Utterson fühlte sich etwas erleichtert.

»Ach,« sagte er sich, »sie haben sich über irgendeine wissenschaftliche Frage gezankt. Gott sei Dank, daß es nichts Schlimmeres ist.«

Nach einigen Minuten Stillschweigen fragte er Lanyon:

»Kennst du einen gewissen Hyde, einen Bekannten, einen ... Protégé von Jekyll?«

»Hyde?« wiederholte Lanyon. »Nein, ich habe nie von ihm gehört.«

Das war also alles, was Utterson erfahren konnte; alle Aufklärungen, die er mit sich nach seinem dunklen, einsamen Hause brachte. Schlaflos wälzte er sich die ganze Nacht in seinem großen Bett herum, von traurigen Gedanken, von furchtbaren Ahnungen gequält. Die Kirchenuhr schlug die sechste Morgenstunde. Bis dahin hatte er nur das wirklich Tatsächliche in Betracht genommen. Jetzt aber entrollten sich vor seiner erhitzten Phantasie Bilder, die ihn mit Grauen und Entsetzen erfüllten. Alles, was ihm Enfield erzählt hatte, stand jetzt hell und deutlich vor ihm wie ein Gemälde. Er sah die hellerleuchteten einsamen Straßen der großen Stadt; er sah die Gestalt eines Mannes, mit unheimlicher Hast dahinschreitend, er sah das Kind, das ihm entgegenlief; jetzt stießen sie aneinander – das Kind fiel, und das Scheusal schritt grausam über den schwachen Körper hinweg. Dann sah er ein großes, reich möbliertes Zimmer, dort lag sein alter Freund, Henry Jekyll, ruhig schlafend – und lächelnd in seinen Träumen – jetzt öffnete sich die Tür, die Gardinen des Bettes wurden zurückgeschlagen, der Schläfer erwachte, und vor ihm stand eine finstere Gestalt, die ihm befahl, aufzustehen und ihm zu folgen. – Diese Gestalt, erst in der Straße, dann in Jekylls Schlafzimmer, wich keinen Augenblick aus Uttersons Vorstellung. Er sah sie, wie ein wüstes Phantom, wie sie leise und unheimlich nachts durch die Häuser schlich; er sah sie, wie sie mit wilder Hast durch die nächtlichen Straßen eilte; an jeder Ecke kam ein kleines Mädchen gelaufen, das das Ungeheuer zu Boden warf und zertrampelte. Doch konnte er das Gesicht des Unholds nicht erkennen–die Züge verschwammen wie ein Nebelbild... Utterson konnte es nicht länger ertragen. Er sprang aus dem Bett, mit dem festen Vorsatz, nicht eher zu rasten noch zu ruhen, bis er Hyde gefunden habe. – Wenn er ihn nur einmal sehen könnte, sagte er sich, so würde sich das ganze Geheimnis aufklären, vielleicht ganz und gar verschwinden, wie dies so oft geschieht, wenn man sich nur Mühe gibt, einer Sache auf den Grund zu gehen. Er würde vielleicht etwas entdecken, was ihm Jekylls seltsame Zuneigung zu Hyde, oder das geheimnisvolle Band, das die beiden vereinigte, erklärte, das ein Licht auf Jekylls merkwürdiges Testament werfen könnte. Auf alle Fälle wollte er das Gesicht dieses Menschen ohne menschliches Gefühl sehen, das Gesicht, das selbst in dem ruhigen, phlegmatischen Enfield eine Empfindung unauslöschlichen Abscheus hervorgerufen hatte. – Von diesem Augenblick an verging kein Tag, an dem Utterson nicht zu irgend einer Zeit in der Nähe der unheimlichen Tür zu sehen war. Er war dort morgens in aller Frühe, ehe er auf sein Bureau ging; er war dort in der Mittagsstunde im Gedränge der lebhaften Straße, und wieder des Nachts, wenn das blasse Mondlicht die nebelbedeckte Stadt gespenstisch erleuchtete. – Zu jeder Stunde, bei jedem Wetter sah man den Advokaten auf seinem Posten.

»Ich will ihn kennen lernen, und sollt' ich Jahre warten,« sagte er sich. Endlich wurde seine Ausdauer belohnt.

Es war in einer schönen, kalten Winternacht; die Straßen waren rein gefegt, wie ein Ballsaal; die Laternen brannten hell, ihre Flammen, von keinem Winde bewegt, warfen die Schatten scharf und deutlich auf das Pflaster. Nach zehn Uhr, als die Läden geschlossen waren, wurde die kleine Straße recht still und öde – nur von fern hörte man das dumpfe Brausen der mächtigen Stadt. Selbst das kleinste Geräusch war in der nächtlichen Stille deutlich vernehmbar. Utterson war erst wenige Minuten auf seinem Posten, als er nicht weit von sich leise, eilige Schritte hörte. Er hatte sich während seines nächtlichen Wachehaltens an das eigentümliche Geräusch gewöhnt, das der regelmäßige Schritt eines Fußgängers in der Mitte der Nacht hervorruft; ganz deutlich und entschieden ist dieses Geräusch aus dem verwirrten, fernen Lärmen der Stadt herauszuhören. Doch noch nie zuvor war Uttersons Aufmerksamkeit so schnell und lebhaft erregt gewesen, wie in diesem Augenblick. Er fühlte, daß der Erfolg nahe war, und zog sich vorsichtig in das Dunkel der Sackgasse zurück.

Die Schritte kamen näher und näher, wurden lauter und lauter. Jetzt hörte Utterson, wie sie um die Straßenecke kamen, – jetzt sah er den nächtlichen Wanderer vor sich. Es war ein kleiner, gewöhnlich angezogener Mann. – Unbegreiflicherweise empfand der Advokat mit einem Male dasselbe Gefühl des Widerwillens, des Abscheus, das sich Enfields bemächtigt hatte. – Der Mann schritt quer über die Straße, gerade auf die bewußte Tür zu. Er nahm einen Schlüssel aus der Tasche – er war augenscheinlich zu Hause.

Jetzt trat Utterson aus dem Dunkel hervor und legte seine Hand aus des Mannes Schulter. »Herr Hyde, wenn ich nicht irre?«

Mit einem schlangenartigen Zischen wich Hyde einen Schritt zurück. Er faßte sich jedoch sofort, und ohne dem Advokaten ins Gesicht zu sehen, sagte er vollständig ruhig: »Das ist mein Name. Was wünschen Sie?«

»Ich sehe, Sie gehen in dieses Haus,« erwiderte der Advokat. »Ich bin ein alter Freund von Doktor Jekyll. Ich heiße Utterson, Rechtsanwalt Utterson in Gaunt Street; mein Name ist Ihnen gewiß nicht unbekannt, und da ich Sie gerade hier treffe, wollte ich Sie bitten, mich auch hineinzulassen.«

»Sie würden Doktor Jekyll nicht zu Hause finden, er ist verreist,« erwiderte Hyde. Er wollte jetzt die Tür aufschließen, schien sich aber plötzlich zu besinnen, und ohne den Advokaten anzusehen, fragte er: »Woher kennen Sie mich?«

Utterson ließ die Frage unberücksichtigt. »Herr Hyde,« sagte er, »wollen Sie mir einen Gefallen tun?«

»Was wünschen Sie?«

»Wollen Sie mich Ihr Gesicht sehen lassen?«

Hyde schien einige Augenblicke zu zögern; dann drehte er sich mit einem plötzlichen Entschluß um und sah Utterson trotzig und herausfordernd an. Es währte nur einen Augenblick.

»So,« sagte Utterson, »jetzt werde ich Sie wiedererkennen. Es könnte von Nutzen sein.«

»Ja,« sagte Hyde, »und da wir uns einmal getroffen haben, will ich Ihnen auch gleich meine Adresse geben.« Er nannte eine obskure Straße in Soho.

»Allmächtiger Gott!« dachte Utterson, »hat der am Ende dabei an das Testament gedacht?« Er verlor jedoch kein Wort darüber.

»Und nun,« sagte Hyde, »darf ich noch einmal fragen, woher Sie mich kennen?«

»Nach der Beschreibung.«

»Nach wessen Beschreibung?«

»Wir haben gegenseitige Freunde,« sagte Utterson.

»Gegenseitige Freunde? Und wer wären die?«

»Doktor Jekyll zum Beispiel.«

»Der? Der hat es Ihnen nicht gesagt,« brach Hyde mit großer Heftigkeit aus. »Sie lügen!«

»Herr,« sagte Utterson, »das ist eine Sprache, die Ihnen sehr wenig zusteht.«

Der andere antwortete mit einem höhnischen Gelächter, und mit unglaublicher Schnelligkeit hatte er plötzlich die Tür aufgeschlossen und war hinter derselben verschwunden.

Der Advokat blieb einige Minuten vor der Tür stehen, ein Bild der Angst und Unruhe. Dann ging er langsam und gedankenvoll die Straße entlang. Von Zeit zu Zeit blieb er stehen, strich sich mit der Hand über die Stirn, wie einer, der große innerliche Qualen leidet. Das Rätsel, dessen Lösung ihn peinigte, war kein leichtes. Hyde war ein kleiner, zwerghafter Mann. Er machte den Eindruck eines Verwachsenen, doch konnte man nicht sehen, wo das Gebrechen saß. Er hatte ein widerwärtiges Lächeln; sein Benehmen gegen Utterson war eine

Mischung von verbrecherartiger Furcht und Frechheit; er sprach mit einer heisern, flüsternden Stimme; alles dies mußte jedermann gegen ihn einnehmen; aber es war dennoch nicht genug, um diesen namenlosen Abscheu, diesen Widerwillen, diese Furcht zu erklären, die Utterson in seiner Gegenwart empfand.

»Nein,« sagte er sich, »es steckt noch etwas dahinter – aber was ist es? Ich kann keinen Namen dafür finden. Der Mann hat nichts Menschliches an sich, er ist wie ein Gnom, ein böser Alp. Habe ich ein Vorurteil gegen ihn gefaßt durch Enfields Geschichte – oder ist es wirklich der Abglanz einer niederträchtigen, durch und durch gemeinen Seele, der sich in seiner Erscheinung widerspiegelt? Ja, das muß es sein! O, mein armer, alter Henry Jekyll, wenn je ein Mensch mit dem Siegel Satans gebrandmarkt war, so ist es dein neuer Freund, Herr Edward Hyde!«

Utterson hatte jetzt das Ende der kleinen Straße erreicht. Er bog um die Ecke und kam auf einen Square, der von schönen, alten Häusern umgeben war. Die meisten derselben hatten etwas von ihrem ehemaligen Glanze eingebüßt. Sie waren in verschiedene Wohnungen eingeteilt; einzelne Zimmer wurden möbliert vermietet, manche wurden als Ateliers, als Bureaus von Winkeladvokaten oder von Agenten zweifelhafter Unternehmungen und Geschäfte benutzt. Nur eins, das zweite von der Ecke – hatte sein reiches, vornehmes Aeußere bewahrt; es war augenscheinlich nur von einer Familie bewohnt. Trotz der späten Abendstunde ging Herr Utterson schnell und entschlossen an die schwere Tür und klopfte. Ein ältlicher Diener öffnete.

»Ist Doktor Jekyll zu Hause, Poole?« fragte der Advokat.

»Ich will gleich sehen, Herr Utterson,« sagte Poole, »bitte, treten Sie näher.« Er führte den Advokaten in die große, schöne Eintrittshalle des Hauses, die mit kostbaren Teppichen belegt und mit antiken, eichenen Möbeln ausgestattet, bei dem hellen Kohlenfeuer im offenen Kamin einen außerordentlich behaglichen und freundlichen Eindruck machte.

»Wollen Sie hier warten,« fragte Poole, »oder wollen Sie in das Speisezimmer gehen?«

»Ich warte lieber hier,« sagte der Advokat. Er ging an das Feuer und lehnte sich an den hohen Kamin. Diese Vorhalle war Jekylls Lieblingsaufenthalt. Auch Utterson pflegte zu sagen, daß es der gemütlichste Ort in ganz London sei. Aber heute abend, als er beim Feuer stand, fühlte er ein unheimliches, nervöses Zittern durch alle

Glieder seines Körpers, das dämonische Gesicht Hydes kam ihm nicht aus den Augen; er hörte noch das teuflische Lachen, mit dem der unheimliche Geselle eben hinter der Tür verschwunden war – zum ersten Male fühlte er etwas wie Lebensüberdruß; drohend und verzerrt grinste ihm Hydes Antlitz aus den flackernden Flammen des Feuers entgegen. Er schämte sich fast, ein Gefühl der Erleichterung zu empfinden, als Poole zurückkam und ihm meldete, daß sein Herr nicht zu Hause sei.

»Ich sah soeben Herrn Hyde in das Hinterhaus gehen,« sagte er. »Er hat einen Schlüssel zu der Tür, die in den alten Seziersaal führt. Ist das in Ordnung, Poole, wenn der Doktor nicht zu Hause ist?«

»Ganz in Ordnung, Herr Utterson,« sagte der alte Diener, »ich weiß, daß Herr Hyde einen Schlüssel hat.«

»Ihr Herr scheint großes Vertrauen in diesen Mann zu setzen,« sagte Utterson nachdenklich.

»Großes Vertrauen,« sagte Poole, »wir haben alle Befehl, ihm unbedingt zu gehorchen.«

»Ich glaube nicht, daß ich Herrn Hyde je hier im Hause getroffen habe,« fuhr Utterson fort.

»O nein,« erwiderte Poole. »Er erscheint nie, wenn Besuch im Hause ist. Wir sehen übrigens auch wenig von ihm; er kommt und geht stets durch die Hintertür.«

»Gute Nacht, Poole!«

»Gute Nacht, Herr Utterson!«

Mit schwerem Herzen trat der Advokat seinen Heimweg an.

»Armer Henry Jekyll,« sagte er sich. »Er muß in arger Bedrängnis sein! Er war wild und ausschweifend, als er jung war. Aber der allgütige Gott hat das doch längst vergeben. Was kann es nur sein, das ihn an diesen Hyde kettet? Ist es das Gespenst einer alten Sünde? Ist es eine verborgene Schandtat, die ihm wie ein Krebs am Leben frißt? Ist es eine Strafe, die langsam, aber unabwendbar naht, nach Jahren, nachdem die Untat vielleicht schon aus dem Gedächtnis entschwunden?«

Dieser Gedanke machte den Advokaten ganz stutzig. Er warf einen Ueberblick über seine eigene Vergangenheit. Er quälte sich mit der Vorstellung, daß auch in seinem Leben irgendwo noch ein Vergehen, eine unwürdige Handlung verborgen sein könne, deren er sich nicht mehr erinnere. Wenigen möchte es vergönnt sein, mit solcher Ruhe, mit solchem Selbstbewußtsein das Vergangene zu betrachten, wie dem Rechtsanwalt Utterson. Doch in seinem strengen Selbsturteil dachte er an manches, was er lieber nicht getan haben möchte. – Er hatte alle Ursache, dem Allmächtigen zu danken, der ihm geholfen hatte, Versuchungen zu widerstehen, die ihn zu verschlingen drohten. Dann kam er wieder auf Jekyll und Hyde.

»Dieser Hyde,« sagte er sich, »muß auch Geheimnisse haben. Dunkle böse Taten, neben denen das Schlimmste, was Jekyll getan, wie das Sonnenlicht glänzt. Nein, es darf so nicht länger bleiben! Der bloße Gedanke an diesen Hyde, der sich wie ein Dieb an Henrys Bett schleicht, macht mich schaudern. Und das schlimmste ist, daß, wenn Hyde nur eine Ahnung von dem Inhalt des Testaments hat, er vielleicht ungeduldig wird. Ich muß und will der Sache aus den Grund kommen: es koste, was es wolle – wenn Jekyll mich nur läßt – ja,« sagte er gedankenvoll – »wenn Jekyll mich nur läßt.«

Und die seltsamen Verfügungen des Testaments traten ihm wieder deutlich und bestimmt vor die Seele.

III.

Ungefähr vierzehn Tage nach den eben erzählten Ereignissen gab Doktor Jekyll eines seiner gemütlichen Essen, die sich immer durch vortreffliche Küche, feine alte Weine und gute Gesellschaft auszeichneten. Utterson war noch geblieben, nachdem die anderen Gäste gegangen waren. Jekyll, ein großer, schöner Mann von etwa fünfzig Jahren, mit glatt rasiertem Gesicht, in dem sich ungewöhnliche Intelligenz und große Herzensgüte ausdrückten, war gern mit Utterson allein; er blickte mit unverkennbarer Zuneigung auf das ernste, ruhige Gesicht des anderen und genoß dessen beredtes Schweigen.

Endlich sagte Utterson: »Ich habe schon längst mit dir sprechen wollen, Jekyll, du weißt, wegen deines Testaments.«

Der Gegenstand schien Jekyll gerade kein angenehmer zu sein, doch erwiderte er scherzend: »Mein armer, alter Utterson, du hast einen bösen Klienten an mir. Mein Testament scheint dich ganz unglücklich zu machen, es ist dir ein Dorn im Auge, ebenso wie der alte, griesgrämige Pedant Lanyon sich über das, was er meine »wissenschaftliche Ketzerei« nennt, entsetzt. Du brauchst nicht so böse auszusehen. Ich weiß, Lanyon ist ein guter Kerl – trotzdem ist er ein Pedant, ein halsstarriger, geschwätziger Pedant. Ich habe mich sehr in ihm getäuscht.«

Ohne Jekylls Bemerkungen über Lanyon die geringste Aufmerksamkeit zu schenken, fuhr der Advokat fort: »Du weißt, ich habe nie meine Zustimmung zu diesem Testament gegeben.«

»O, du sprichst schon wieder davon?« sagte Jekyll, »ich weiß, ich weiß,« fuhr er etwas gereizt fort, »du hast es mir wenigstens oft genug gesagt.«

»Und ich sage es dir noch einmal,« erwiderte Utterson, »mir ist etwas zu Ohren gekommen über diesen jungen Hyde.«

Jekylls schönes, großes Gesicht wurde blaß wie der Tod, seine Augen nahmen einen finstern, beängstigenden Ausdruck an. »Ich will über diese Angelegenheit nichts mehr hören,« sagte er. »Ich glaubte, wir wären überein gekommen, die Sache nicht weiter zu besprechen.«

»Was ich über Hyde gehört habe,« sagte Utterson, »ist etwas Schändliches.«

»Das geht mich nichts an,« erwiderte der Doktor, »ich werde mein Testament nicht ändern. Ich bin in einer sehr schwierigen Lage. Der Fall ist ein seltsamer, ein ungewöhnlicher. Es nützt nichts, noch weiter darüber zu sprechen.«

»Jekyll,« sagte der Advokat mit ungewöhnlicher Wärme und Herzlichkeit, »wir sind alte Freunde; du kennst mich, du kannst mir trauen. Sage mir alles, ich bin fest überzeugt, ich kann dich aus dieser mißlichen Lage befreien.«

»Mein lieber Utterson, du bist zu gut, wirklich zu gut. Ich kann keine Worte finden, um dir zu danken. Ich glaube dir; ich traue dir mehr als irgend einem – mehr als mir selbst. Aber laß nur, die Geschichte ist nicht so schlimm, wie du glaubst; quäle dein altes, treues Herz nicht damit. Soviel will ich dir zur Beruhigung sagen, ich kann mich Hydes jeden Augenblick entledigen – sobald ich es nur will. Darauf gebe ich dir meine Hand, und danke dir noch tausendmal. Und nun noch eines – doch das ist kaum zu erwähnen nötig – es ist eine Privatangelegenheit, laß sie zwischen uns beiden ruhen.«

Utterson blickte nachdenklich ins Feuer. Nach einigen Minuten stand er auf und sagte: »Vielleicht handelst du recht, Gott gebe es!«

»Und nun,« sagte der Doktor, »da wir hoffentlich zum letzten Male über diese Angelegenheit sprechen, möchte ich dich noch auf etwas aufmerksam machen. Ich weiß, du hast Hyde gesehen, er hat es mir gesagt, ich fürchte, er ist ungezogen gegen dich gewesen. Ich nehme aber ein großes, ein außerordentlich großes Interesse an allem, was ihn betrifft. Versprich mir, Utterson, daß, wenn ich sterbe, du ihm beistehst, ihm zu seinem Rechte verhilfst. Ich weiß, du würdest es tun, wenn du alles wüßtest; gib mir dein Versprechen, es wird mir eine große Last vom Herzen nehmen.«

»Ich kann ihn nie liebgewinnen,« sagte Utterson.

»Das verlange ich auch nicht,« sagte Jekyll. Er legte seine Hände auf des Advokaten Schultern und fuhr in ernstem, rührendem Tone fort: »Ich verlange nur Gerechtigkeit. Ich bitte dich, stehe ihm bei, um meinetwillen, Utterson, wenn ich nicht mehr bin.«

»Ich verspreche es dir,« sagte Utterson.

IV.

Beinahe ein Jahr darauf, im Monat Oktober 18.. wurde ganz London in Aufregung versetzt durch einen Mord, der mit außergewöhnlicher Brutalität verübt war, und der außerdem durch die hohe gesellschaftliche Stellung des Ermordeten ganz besonders Aufsehen erregte. Ein Dienstmädchen, das während der Abwesenheit ihrer Herrschaft allein ein großes Haus in der Nähe der Themse bewohnte, war gegen 11 Uhr abends in ihre Schlafstube gegangen. Es war eine schöne, ruhige Nacht; die kleine Straße, welche das Mädchen von ihrem Fenster aus übersah, war tageshell von dem glänzenden Lichte des Vollmonds beleuchtet. Das junge Mädchen hatte eine romantische Natur. Sie setzte sich an das offene Fenster und verfiel in träumerisches Nachdenken. Selten – wie sie vor Gericht unter strömenden Tränen aussagte – selten hatte sie sich so friedvoll, so ruhig, so glücklich gefühlt. Sie blickte die Straße entlang und sah, wie ein schöner, stattlicher alter Herr mit weißem Haar die Straße herauf kam. Aus der entgegengesetzten Richtung kam schnellen Schrittes ein anderer, ein untersetzter, gewöhnlich aussehender Mann, den sie zu Anfang nicht näher betrachtete. Die beiden begegneten sich gerade unter dem Fenster, an dem das Mädchen saß. Obgleich sie nicht hören konnte, was sie sagten, so konnte sie, dank dem hellen Mondlicht, ihre Gesichter deutlich erkennen. Das des alten Herrn hatte einen Ausdruck großer Vornehmheit und Güte. Er verbeugte sich höflich vor dem anderen und schien etwas zu fragen. Wahrscheinlich, wie das Mädchen später angab, hatte er sich verirrt und erkundigte sich nach dem richtigen Wege. Jetzt sah das Mädchen auch den kleinen, vierschrötigen Mann an und erkannte in ihm einen gewissen Herrn Hyde, der ihren Herrn mehrmals besucht hatte, und vor dem sie stets einen großen Abscheu empfunden. Hyde trug einen kurzen, dicken Stock, den er nervös in der Hand herumdrehte – er antwortete nicht auf die höfliche Frage des alten Herrn und schien ihn mit schlecht verhehlter Ungeduld anzuhören. Mit einem Male geriet er in eine furchtbare Wut – er stampfte mit den Füßen, schwang seinen Stock um sich und benahm sich überhaupt wie ein Rasender. Der alte Herr wich erstaunt und augenscheinlich beleidigt einen Schritt zurück. Auf einmal, ohne jede Veranlassung, streckte ihn Hyde mit einem wuchtigen Hieb seines Knüppels zu Boden. Dann sprang er mit affenartiger Wut auf den dahingestreckten Körper seines Opfers und trampelte darauf herum, als ob er ihn zu Brei zermalmen wollte. Bei diesem entsetzlichen Anblick wurde das Mädchen ohnmächtig.

Es war gegen zwei Uhr, als sie zu sich kam und die Polizei rufen konnte. Die Leiche des Ermordeten lag noch auf der Straße. Der Stock aus fremdländischem, hartem Holz, mit dem der Mord verübt, war zerbrochen – mit solcher Wut hatte das Ungeheuer geschlagen. Die eine zersplitterte Hälfte war in die Straßengosse gerollt, die andere hatte der Mörder mitgenommen. Eine volle Börse, eine goldene Uhr und Kette wurden an der Leiche gefunden – Raub war also nicht die Veranlassung des Verbrechens gewesen. In der Rocktasche des Ermordeten fand man einen versiegelten Brief, adressiert an den Rechtsanwalt Utterson, Gaunt Street, London; sonst nichts, was Auskunft über ihn geben konnte.

Ehe Utterson am folgenden Morgen sein Bett verlassen hatte, ließ sich ein bekannter Detektiv bei ihm melden, übergab ihm den Brief und erzählte ihm, unter welchen Umständen derselbe gefunden sei.

»Das ist eine böse Geschichte,« sagte Utterson, nachdem er einen Blick auf die Adresse geworfen; »ich will nichts sagen, bis ich die Leiche gesehen habe. Warten Sie gefälligst, bis ich angekleidet bin.«

Wenige Minuten darauf war er mit dem Beamten in einer Droschke auf dem Wege nach dem Zentral-Polizeibureau.

»Ja,« sagte er, sobald er die Leiche erblickte, »ich kenne ihn. Dies ist Sir Danvers Carew.«

»Ist es möglich?« rief der Polizist. Seine Augen glänzten vor Ehrgeiz, er sah eine große Gelegenheit sich auszuzeichnen. »Dieser Mord wird allgemeines Aufsehen erregen, Herr Utterson. Vielleicht können Sie uns helfen, den Täter zu entdecken.« In wenigen Worten erzählte er dem Advokaten, was das Mädchen gesehen hatte.

Eine gräßliche Angst überfiel Utterson, als er den Namen Hyde hörte – und als er den Stock sah, da blieb ihm kein Zweifel mehr. In dem zersplitterten Stück erkannte er einen Stock, den er vor vielen Jahren Jekyll geschenkt hatte.

»Ist dieser Hyde ein untersetzter Mann?« fragte er den Detektiv.

»Ein ganz kleiner, aber kräftig gebauter Kerl, wie das Mädchen sagt.«

Utterson sann einige Minuten nach; dann sagte er zu dem Beamten: »Wenn Sie mit mir kommen wollen, so glaube ich, kann ich Sie nach Hydes Wohnung führen.«

Es war jetzt ungefähr neun Uhr morgens. Nach der schönen, hellen Mondnacht hatte sich in den frühen Morgenstunden ein dicker, schmutzigbrauner Nebel wie ein Leichentuch über die Stadt gelagert. Die Droschke fuhr langsam und vorsichtig durch das Labyrinth von engen Straßen, die nach dem entfernten Stadtviertel Soho führen. Es ist ein schmutziger, ärmlicher Teil der Stadt, der selbst beim hellen Sonnenschein nicht sehr einladend aussieht. An diesem Morgen, unter dem unheimlichen Dunkel eines Londoner Nebels machten die kotigen Gassen, in die die Flammen der noch brennenden Straßenlaternen ein trübseliges Licht warfen, den Eindruck einer Gespensterstadt, wie man sie in einem wüsten Traume sieht.

Die Droschke hielt vor dem von Hyde angegebenen Hause, in einer engen Sackgasse, die vielleicht noch schmutziger und ekelhafter als die anderen war. Neben dem Hause war auf der einen Seite eine Schnapsspelunke, wo geschminkte und zerlumpte Frauenzimmer und Männer mit Verbrechergesichtern ein und aus gingen – auf der anderen Seite ein kleines, nicht sehr einladend aussehendes Restaurant. Blasse, in Lumpen gekleidete Kinder hockten hungrig und fröstelnd in den Haustüren. Dies also war die Wohnung von Henry Jekylls Freund, die Wohnung des Erben einer Viertelmillion Pfund Sterling.

Eine alte Frau öffnete die Tür. Sie hatte ein böses, widerwärtiges Gesicht, eine gelbliche, pergamentartige Hautfarbe; Heuchelei, Scheinheiligkeit und Tücke sprachen aus ihren kleinen, dunklen Augen. Herr Hyde sei nicht zu Hause, sagte sie; er wäre diese Nacht sehr spät heimgekommen und nach einer Stunde ungefähr wieder ausgegangen. – Das wäre nichts Außergewöhnliches, er führe ein sehr ungeregeltes Leben und wäre oft und lange abwesend; sie habe ihn gestern zum ersten Male seit zwei Monaten gesehen.

»Wir möchten gern seine Wohnung sehen,« sagte der Advokat, und als die Alte erwiderte, sie könne dies nicht gestatten, fügte er hinzu: »Machen Sie keine Umstände, Madame, der Herr ist der Inspektor Newcomen vom Zentral-Polizeibureau.«

Eine boshafte Freude drückte sich im Gesichte der Frau aus. »Ah,« sagte sie, »ist die Polizei hinter ihm her? Was hat er getan?«

Utterson und der Detektiv sahen einander an. »Er scheint nicht sehr beliebt hier zu sein,« sagte der Polizist. »Und nun, meine liebe Frau,« fuhr er zur Wirtin gewandt fort, »führen Sie uns in Herrn Hydes Wohnung.«

Mit Ausnahme der Zimmer, die die Alte und Hyde bewohnten, stand das Haus leer. Hyde hatte zwei große Stuben, die mit Geschmack, sogar mit Luxus möbliert waren. Er hatte sich einen guten Vorrat von feinen Weinen und Likören aufgespeichert, das Tafelgeschirr war von reinem Silber, das Tischzeug von feinem Leinen. Ein dicker, reicher Teppich bedeckte den Fußboden, einige wertvolle Gemälde hingen an der Wand – »wahrscheinlich Geschenke von Jekyll,« sagte sich Utterson. Das Zimmer sah an diesem Morgen sehr unordentlich aus. Es machte den Eindruck, als ob es jemand von unten bis oben durchstöbert hätte. Kleidungsstücke mit umgekehrten Taschen lagen auf dem Fußboden; die Schubladen der Kommoden und Schränke standen weit offen; im Kamin lag ein Haufen Asche von verbranntem Papier. Aus diesem zog der Detektiv einen Teil eines Scheckbuchs hervor, den das Feuer nicht verzehrt hatte; er fand auch die andere Hälfte des Stockes, mit dem der Mord verübt war. Bei einer Nachfrage auf der Bank stellte sich heraus, daß Hyde ein Guthaben von mehreren tausend Pfund dort hatte. Der Polizist war außer sich vor Freude über diesen unerwarteten Erfolg der Untersuchung.

»Ich habe den Kerl, Herr Utterson,« sagte er, »ich habe ihn jetzt fest. Er muß übrigens ganz und gar den Kopf verloren haben, sonst würde er sicherlich nicht den Stock zurückgelassen, oder, was noch wichtiger ist, sein Scheckbuch verbrannt haben. Denn Geld ist alles für ihn – es bedeutet Freiheit, Leben. Ich brauche jetzt nichts weiter zu tun, als sofort nach der Bank zu gehen und dort aufzupassen. Er wird nicht lange auf sich warten lassen.«

Im übrigen war es jedoch sehr schwierig, Erkundigungen über den Verbrecher einzuziehen. Der Herr des Dienstmädchens, das den Vorfall mitangesehen, hatte Hyde nur zweimal gesprochen. Angehörige oder Freunde konnte man nicht entdecken. Die wenigen, die ihn gesehen hatten, beschrieben ihn, wie dies in solchen Fällen gewöhnlich geschieht, ganz verschiedenartig. Nur in einem Punkte stimmten sie alle überein, das war der seltsame Eindruck des Verwachsenseins, den er machte, ohne daß man bemerken konnte, wo die Mißgestaltung war.

V.

Am Nachmittag desselben Tages ging Herr Utterson zu Doktor Jekyll. Poole empfing ihn und führte ihn durch die Küche über den Hof in das Hintergebäude, das dem Arzte als Laboratorium diente.

Jekyll hatte dieses Haus von einem berühmten Chirurgen gekauft, der den großen unteren Raum als Sezierzimmer und Vorlesungssaal benutzt hatte. Es war das erstemal, seit Jekyll das Haus bewohnte, daß Utterson in diesem Gebäude empfangen wurde. Ein unheimliches Gefühl des Fremdartigen bemächtigte sich seiner, als er durch die weite Halle schritt. Die Bänke, die in früheren Jahren von lernbegierigen Studenten gefüllt waren, standen leer. Die schweren Tische, auf denen sonst die zur Sektion bestimmten toten Körper lagen, erschienen ihm wie leere Särge, aus denen man die Leichen gestohlen; der Fußboden war mit zersplitterten Kisten und Stroh, das zum Einpacken chemischer Apparate gedient, bedeckt. Eine enge Treppe am Ende des

Saales, durch einen roten Vorhang bedeckt, führte nach Jekylls Arbeitszimmer. Es war eine große niedrige Stube, rings mit Glasschränken vollgestellt, die mit Chemikalien und Apparaten gefüllt waren. – Ein großer Schreibtisch, mit Büchern und Manuskripten bedeckt, stand in der Mitte. Ein helles Kohlenfeuer brannte im Kamin, daneben stand ein großer, schöner Drehspiegel; drei Fenster mit starken Eisenstäben – dieselben, von denen Enfield gesprochen – gingen nach dem Hofe. Vor dem Feuer, krank und blaß wie der Tod, saß Doktor Jekyll. Er stand nicht auf, seinen Freund zu begrüßen – er hielt ihm seine kalte, feuchte Hand entgegen und hieß ihn mit schwacher Stimme willkommen. –

Sobald Poole das Zimmer verlassen, fragte Utterson: »Hast du es schon gehört?«

Der Doktor bebte an allen Gliedern. »Ja,« erwiderte er, »ich habe gehört, wie die Jungen Extrablätter im Square zum Verkauf ausriefen.«

»Ich möchte nur eins wissen,« sagte der Advokat. »Carew war mein Klient und mein Freund, gerade wie du es bist. Was soll ich nun tun? Du bist doch nicht etwa wahnsinnig genug, den Mörder zu verbergen?«

»Utterson,« rief der Doktor, »ich schwör es dir beim allmächtigen Gott, daß ich ihn nie in meinem Leben wiedersehen will. Ich gebe dir mein Ehrenwort, ich habe nichts mehr mit ihm zu tun – es ist alles, alles vorbei zwischen uns. Außerdem bedarf er meiner Hilfe nicht; er ist außer Gefahr, außer aller Gefahr. Glaube mir, Utterson, man wird ihn nie fangen – man wird nie wieder etwas von ihm hören.«

Der Advokat blickte finster vor sich hin. Das Beängstigte, Nervöse in Jekylls Sprache, in seinem ganzen Benehmen mißfiel ihm: »Ich hoffe, du bist deiner Sache gewiß,« sagte er endlich, »ich hoffe es um deinetwillen. Sollte die Geschichte vor Gericht kommen, so würdest du unbedingt als Zeuge erscheinen müssen.«

»Ich bin meiner Sache ganz sicher,« sagte Jekyll. »Ich habe Gründe, die ich dir nicht mitteilen kann. Aber um eins wollte ich dich noch bitten. Ich habe ... ich empfing heute morgen einen Brief von Hyde. Ich wollte dich fragen, ob ich denselben der Polizei übergeben soll. Hier ist er, urteile selbst, ich überlasse dir ganz und gar, was du damit tun willst. Du weißt, ich habe unbegrenztes Vertrauen zu dir.«

»Fürchtest du etwa, daß dieser Brief zu Hydes Verhaftung führen könnte?« fragte der Advokat.

»Nein,« sagte Jekyll, »außerdem ist es mir ganz gleichgültig, was aus Hyde wird. Ich bin fertig mit ihm für alle Zeiten. – Ich dachte nur an mich selbst. Es wäre eine böse Geschichte, wenn mein Name irgendwie mit diesem Verbrechen in Verbindung käme!«

Utterson fühlte sich durch seines Freundes Egoismus sichtlich erleichtert. »Laß mich den Brief sehen,« sagte er.

Der Brief war mit einer ungewöhnlichen, aufrechtstehenden Handschrift geschrieben und »Edward Hyde« unterzeichnet. Er bekundete in wenigen Worten, daß des Schreibers edler Freund und Wohltäter, Doktor Jekyll, dessen jahrelange Nachsicht und Großmut er (der Schreiber) so schändlich mißbraucht hätte, sich in keiner Weise beunruhigen solle; er wisse ganz sicher, daß er dem Arme des Gesetzes entgehen werde, und niemand solle je wieder etwas von ihm hören oder sehen. – Der Advokat fühlte eine gewisse Beruhigung über diesen Brief, der ein günstiges Licht aus das merkwürdige Verhältnis zwischen Jekyll und Hyde zu werfen schien. Er machte sich sogar gelinde Vorwürfe, daß er seinen alten Freund überhaupt verdächtigt habe.

»Hast du das Kuvert?« fragte er.

»Ich habe es verbrannt,« erwiderte Jekyll, »mir war der Kopf ganz verdreht, ich wußte kaum, was ich tat. Er hatte keinen Poststempel; der Brief wurde durch einen Boten übergeben.«

»Soll ich den Brief behalten?« fragte Utterson.

»Tue damit, was du willst, ich habe alles Zutrauen zu mir selbst verloren,« war die Antwort.

Der Advokat steckte den Brief in die Tasche. »Und nun noch eins, Jekyll. Nicht wahr, es war Hyde, der die Verfügungen deines Testaments bestimmt hat?«

Der Doktor wurde totenbleich; er kniff die Lippen krampfhaft zusammen und machte eine bejahende Bewegung.

»Ich dachte es mir wohl,« sagte der Advokat; »er hatte die Absicht, dich zu ermorden. – Du kannst von Glück sagen, daß du noch am Leben bist.«

»Ich habe eine schreckliche Erfahrung gemacht. Ach Gott, Utterson, eine schreckliche Erfahrung!« sagte Jekyll und bedeckte sich das Gesicht mit beiden Händen.

Als Utterson im Begriff war, das Haus zu verlassen, traf er den alten Diener in der Vorhalle. »Poole,« sagte er, »es hat heute morgen jemand hier einen Brief abgegeben. Wie sah der Mann aus?«

Poole war ganz sicher, daß kein Brief durch einen Boten angekommen war. »Auch mit der Post ist nichts gekommen,« fuhr er fort, »nur einige Zeitungen und Zirkulare.«

Der alte, böse Verdacht tauchte wieder in Uttersons Seele auf. Der Brief war gewiß an der Hintertür abgegeben – vielleicht in des Doktors eigener Arbeitsstube geschrieben? Sollte dies der Fall sein, so müßte man ihn in einem ganz andern Lichte betrachten – müßte außerordentlich vorsichtig damit sein.

Auf den Straßen wurden die Extrablätter noch zum Verkauf ausgerufen: »Schrecklicher Mord eines Baronet!«

»Das ist also die Grabpredigt über einen alten Freund und Klienten,« sagte sich Utterson mit Bitterkeit; »und ich fürchte, daß auch noch der gute Name eines anderen in diesem Strudel zugrunde geht.« –

Der Brief, den er bei sich trug, fing an, ihn zu beunruhigen; er begann sich klar zu machen, daß er damit eine große Verantwortlichkeit übernommen habe; er, der alte, erfahrene Advokat verlangte nach dem Rat eines anderen, der die Last des Geheimnisses mit ihm trüge.

An demselben Abend lud er sich seinen alten Bureauvorsteher, einen Herrn Guest, zum Essen ein. Seit über dreißig Jahren war Herr Guest im Dienste des Advokaten. Er besaß dessen unbegrenztes Vertrauen, nicht nur in geschäftlichen, sondern auch in persönlichen Angelegenheiten.

Nach dem Essen saßen die beiden vor dem Feuer; zwischen ihnen stand auf einem kleinen Tisch eine Flasche Portwein, – ein alter Jahrgang von besonderer Güte, der lange in Uttersons Keller geruht hatte. Der Nebel lag noch immer schwer und dunkel auf der Stadt; die Gasflammen brannten mit trübem rötlichem Lichte; durch die dicke Luft erklang das Treiben und Schaffen der großen Stadt, wie das Echo eines mächtigen Windes. Aber in der Stube war es warm und hell und behaglich. Der kräftige, südliche Wein hatte den Advokaten nach den Ereignissen des Tages in eine ruhigere Stimmung versetzt; er fühlte das Bedürfnis zu reden. Der alte Bureaubeamte war auch häufig in Jekylls Hause gewesen, er war mit Poole gut bekannt, er hatte ohne Zweifel von Hyde gehört, von der merkwürdigen Stellung, die dieser im Hause des Doktors einnahm. Warum sollte Guest nicht den Brief sehen? Er galt als Autorität in der Beurteilung von Handschriften; außerdem würde er ganz gewiß, nachdem er den Brief gelesen, irgend eine Bemerkung über den Inhalt desselben machen; und Utterson hielt viel auf den klaren Kopf und das gesunde Urteil seines Beamten.

»Das ist eine traurige Geschichte,« fing der Advokat an, »dieser Mord von Sir Danvers Carew.«

»Sehr, sehr traurig,« sagte der alte Schreiber. »Die Geschichte hat überall einen sehr tiefen, peinlichen Eindruck gemacht. Es ist ohne Zweifel die Tat eines Wahnsinnigen.«

»Darüber möchte ich gern Ihr Urteil haben, Guest,« fuhr der Advokat fort. »Ich habe hier einen von dem Verbrecher geschriebenen Brief. Ich weiß kaum, was ich damit anfangen soll; es ist eine heikle Geschichte. Hier ist der Brief – ganz Ihre Liebhaberei – das Autograph eines Mörders.«

Guest nahm den Brief, rückte seinen Stuhl näher an das Licht und prüfte das Schriftstück mit größter Aufmerksamkeit. »Nein,« sagte er nach einiger Zeit, »der Mann ist nicht wahnsinnig, aber es ist eine seltsame Handschrift.«

»Und ein seltsamer Mann, der den Brief geschrieben,« fügte der Advokat hinzu. Gerade in diesem Augenblick brachte Uttersons Diener einen Brief für seinen Herrn.

»Ist der Brief von Doktor Jekyll?« fragte der Schreiber; »ich glaube, seine Handschrift zu erkennen. Handelt es sich um eine Privatangelegenheit, Herr Utterson?«

»Durchaus nicht, eine Einladung zum Essen,« erwiderte der Advokat, »wollen Sie den Brief sehen?«

»Ich bitte darum; nur auf einen Augenblick.« Der Schreiber legte die beiden Briefe nebeneinander auf den Tisch und verglich die Handschriften, Buchstaben für Buchstaben. »Ich danke Ihnen,« sagte er nach einiger Zeit, indem er beide Briefe zurückgab, das ist ein außerordentlich interessantes Autograph.«

Es entstand eine lange Pause – Utterson schien mit sich selbst zu kämpfen. »Warum verglichen Sie die beiden Briefe, Guest,« fragte er endlich.

»Ich will es Ihnen sagen, Herr Utterson,« sagte der Schreiber mit einiger Verlegenheit, »es ist eine ganz eigentümliche Aehnlichkeit zwischen den beiden Handschriften. – In vielen Buchstaben sind sie fast identisch; nur ist die eine schräger als die andere.«

»Das ist ja sehr seltsam,« sagte der Advokat.

»Sehr seltsam,« wiederholte Guest.

»Wissen Sie, Guest, wir wollen niemand etwas von diesem Briefe sagen.«

»Selbstverständlich nicht,« sagte der Schreiber.

Sobald Utterson allein war, öffnete er seinen eisernen Schrank und legte den Brief in das große Kuvert, das Doktor Jekylls Testament enthielt. Nachdem er den Schrank geschlossen, fiel er wie zerknirscht in einen Lehnstuhl und bedeckte sein Gesicht mit beiden Händen.

»Ist es möglich?« fragte er sich, »ist es möglich? Ist Henry Jekyll zum Fälscher geworden, um eines Mörders willen?«

*

VI.

Mehrere Wochen vergingen. Tausende von Pfund wurden als Belohnung für die Entdeckung des Verbrechers geboten; der Mord des alten, hochgeachteten Baronet wurde als ein die ganze Hauptstadt betreffendes Unglück betrachtet – aber Hyde war wie von der Erde verschwunden. Man brachte manches über seine Vergangenheit ans Tageslicht: – Taten von unglaublicher Niedertracht und Grausamkeit, Ausschweifungen der gemeinsten Art, Verbindungen mit Menschen aus den verrufensten Klassen der Gesellschaft. Ueberall begegnete man auch demselben Haß, demselben unerklärlichen Abscheu, der jeden erfüllte, der mit ihm in Verbindung gekommen war – aber über sein Verbleiben konnte niemand den geringsten Aufschluß geben. Seit dem Morgen, an welchem er seine Wohnung in Soho verlassen, war es, als ob er nie gelebt hätte. Auch Herr Utterson hatte sich einigermaßen von der Aufregung erholt. Er dachte bei sich, daß das Verschwinden Hydes selbst mit dem Tode seines alten Freundes und Klienten, Sir Danvers, nicht zu teuer bezahlt sei.

Jetzt, da sein unheimlicher Einfluß aufgehört, begann für Doktor Jekyll ein neues Leben. Er trat aus der Verschlossenheit heraus, die ihn während der letzten Jahre umfangen, er knüpfte seine Beziehungen zu alten Freunden wieder an, man sah ihn wieder in Gesellschaft, in seinem Hause herrschte wie früher eine großartige Gastfreundschaft, es stand jedem seiner Bekannten offen. Er besuchte seine alten Patienten, die er lange vernachlässigt, man sah ihn häufig zu Pferde oder im Wagen im Park, er ging regelmäßig in die Kirche, man konnte sehen, wie er sich bemühte, nur Gutes zu tun. Sein schönes Gesicht nahm wieder den Ausdruck der Ruhe und des Wohlwollens an. Während zwei Monaten konnte man bemerken, daß Henry Jekyll mit sich selbst und der Welt in Frieden lebte.

Am 8. Januar gab Jekyll ein großes Essen, selbstverständlich war Utterson zugegen, und auch, zum ersten Male seit mehreren Jahren, Doktor Lanyon. Lange, nachdem die anderen Gäste fort waren, saßen die drei noch zusammen, tranken und schwatzten, wie in den alten schönen Tagen ihrer unzertrennlichen Freundschaft.

Am 12. abends wollte Utterson seinem Freunde Jekyll einen Besuch machen, er wurde nicht vorgelassen; ebensowenig am 14. »Der Herr Doktor ist nicht wohl,« sagte Poole, »er wünscht niemand zu sehen.«

Am 15. versuchte es der Advokat noch einmal und erhielt denselben Bescheid: »Der Herr Doktor wünscht niemand zu sehen.«

Utterson hatte Jekyll während der letzten zwei Monate fast täglich gesehen; es berührte ihn sehr peinlich, daß er jetzt dreimal hintereinander abgewiesen worden war. Am folgenden Abend ging er zu Lanyon.

Er wurde sofort eingelassen. Eine entsetzliche Ueberraschung stand ihm bevor. Noch nie in seinem Leben hatte er eine so schnelle Veränderung in dem Aussehen eines Menschen beobachtet. Der Tod stand Lanyon auf der Stirn geschrieben. Der blühende Mann war blaß und mager geworden, seine Haut hing schlaff und welk über sein Gesicht; er war um zwanzig Jahre gealtert. Doch waren es nicht diese Anzeichen körperlichen Hinsiechens, die Utterson stutzig machten: es war ein Ausdruck unbeschreiblicher Seelenangst, unüberwindbaren Schreckens in Lanyons Auge, was ihm am meisten auffiel.

»Er ist Arzt,« sagte er sich, »er weiß, daß er dem Tode geweiht ist.«

Doch mußte er sich eingestehen, daß unter allen seinen Bekannten niemand weniger Ursache hatte, den Tod zu fürchten, als Lanyon. Als er dem Doktor sein inniges Bedauern über sein schlechtes Aussehen ausdrückte, fand er ihn auch vollständig auf sein nahe bevorstehendes Ende gefaßt.

»Ich habe einen Schreck gehabt, Utterson,« sagte er, »von dem ich mich nie wieder erholen werde. Es ist jetzt nur noch eine Frage der

Zeit, einiger Wochen – vielleicht einiger Tage. Ich habe ein schönes Leben gehabt, viele Freude und viele Freunde. Ich habe mein Leben genossen – ja, alter Utterson, ich habe es genossen und mich desselben gefreut. Und doch,« fügte er mit großer Traurigkeit hinzu, »denke ich mir, wenn wir alles wüßten, würde uns der Abschied nicht so schwer werden.«

»Jekyll ist auch wieder krank,« sagte Utterson. »Hast du ihn gesehen?« Ein Ausdruck unbeschreiblichen Schreckens zeigte sich auf Lanyons Gesicht. Er sprang an allen Gliedern zitternd auf. Mit ausgestreckter Hand, als wollte er ein Gespenst abwehren, mit bebender Stimme rief er: »Sprich diesen Namen nicht wieder in meiner Gegenwart aus; ich will ihn nie wieder hören, ich will den Menschen nie wieder sehen – er ist tot für mich, tot für alle Zeiten!«

»Unsinn,« sagte Utterson nach einer langen Pause. »Wir sind drei alte Freunde, Lanyon, wir werden keine neuen mehr gewinnen. Was kann ich tun, euch zu versöhnen?«

»Du kannst nichts tun,« sagte der andere, »kein Mensch kann helfen, geh und frag' ihn selbst.«

»Er will mich nicht sehen,« sagte der Advokat.

»Das wundert mich nicht. Wenn ich tot bin, wird die Zeit kommen, Utterson, da du alles erfahren wirst. Bis dahin komm und besuche mich recht oft, aber laß uns von anderen Dingen sprechen. Wenn dir das nicht möglich ist, dann in Gottes Namen bleib' nur fern, denn ich kann es nicht ertragen!«

Sobald Utterson nach Hause kam, schrieb er einen langen Brief an Jekyll, in dem er sich beklagte, daß man ihn nicht vorgelassen habe. Er bat ihn zu gleicher Zeit, ihm Aufschluß über seinen unerwarteten Bruch mit Lanyon zu geben. – Schon am nächsten Tage kam die Antwort. Ein langer konfuser Brief, voll Pathos und Rührung, aber auch voll von vielen unheimlichen, unverständlichen Andeutungen. Der Bruch mit Lanyon sei unheilbar. »Ich gebe unserem alten Freunde keine Schuld,« schrieb Jekyll, »aber wir dürfen uns nie wiedersehen. Ich werde von jetzt an sehr abgeschlossen leben. Du darfst dich nicht wundern, noch mir zürnen, wenn meine Tür selbst dir verschlossen bleibt. Du mußt mich meine eigenen dunklen Wege gehen lassen. Es hängt über mir eine Strafe und eine Gefahr, die ich mir selbst geschaffen, die ich dir aber nicht nennen darf. Ich habe schwer gesündigt und ich bin schwer gestraft. Ich glaubte nicht, daß es möglich sei, auf dieser Erde solche Leiden, solche Qualen zu ertragen. – Du kannst nur eins tun, mein trauriges Los zu erleichtern, indem du mein Schweigen achtest.«

Utterson war wie betäubt, als er diesen Brief gelesen. Jekyll war, wie er fest geglaubt hatte, dem unseligen Einfluß Hydes entzogen gewesen. Er hatte ein neues Leben begonnen, die Welt lag lächelnd und heiter vor ihm, er durfte mit Zuversicht einem ehrenvollen Alter entgegensehen. Und nun war alles mit einem Male anders geworden, Jekylls Seelenfrieden und Glück schienen jetzt unrettbar verloren. »Er ist wahnsinnig,« sagte sich Utterson. Wenn er aber an Lanyons Worte dachte, an die traurige Veränderung, die in dem starken, blühenden Mann vorgegangen war, so mußte er fürchten, daß noch andere ungeahnte Umstände mit diesem seltsamen Fall verbunden waren.

Vierzehn Tage darauf starb Doktor Lanyon. Am Abend nach dem Begräbnis, dem Utterson mit schmerzlichster Empfindung beigewohnt hatte, saß der Advokat allein in seinem großen Arbeitszimmer, das spärlich von einem Lichte erleuchtet war. Vor ihm lag ein großer schwerer Brief, auf dessen Kuvert mit Lanyons Hand geschrieben stand: »Für John G. Utterson *allein*. Sollte er vor mir sterben, ungeöffnet zu verbrennen.« Der Advokat fürchtete sich fast, das Siegel zu brechen.

»Ich habe heute einen guten Freund begraben,« dachte er sich, »soll ich jetzt vielleicht noch einen andern verlieren?«

Endlich entschloß er sich. Das große Kuvert enthielt nur einen ebenfalls sorgfältig versiegelten Brief, auf dessen Umschlag geschrieben stand: »Nicht vor Doktor Henry Jekylls Tode, oder seinem Verschwinden zu eröffnen.«

Utterson konnte kaum seinen Augen trauen. Hier stand es wieder geschrieben, das unheimliche, drohende Wort: »Verschwinden«, gerade wie in dem unerklärlichen Testament, das er übrigens Jekyll längst zurückgegeben; hier war wieder die Möglichkeit des Verschwindens mit dem Namen Henry Jekyll verbunden! In dem Testament ließ sich diese finstere Voraussetzung durch die fluchwürdige Verbindung mit Hyde einigermaßen erklären. Aber hier stand das Wort wieder, mit Lanyons eigener Hand geschrieben. Was mochte es nur bedeuten? Der Advokat wollte schon die Verfügung Lanyons unberücksichtigt lassen und das Siegel brechen, nicht aus Neugierde, sondern in der Hoffnung, daß er etwas in dem Briefe finden werde, das ihm ermögliche, dem unglücklichen Jekyll zu helfen. – Doch sein strenges Ehrgefühl den Bestimmungen eines toten Klienten gegenüber, das Andenken an seinen alten Freund, den er heute morgen begraben, hinderten ihn daran. Mit schwerem Herzen legte er den Brief in einen geheimen Verschluß des eisernen Schrankes.

Seit jenem Abend hatte sich Uttersons ein eigentümliches Gefühl bemächtigt. Er empfand eine unerklärliche Abneigung, eine gewisse Furcht, Jekyll allein zu sehen. Er dachte fortwährend und mit aller Freundschaft an ihn, aber zu gleicher Zeit mit Sorge und Beängstigung. Er ging häufig nach dem Hause, um sich zu erkundigen, und es war stets eine gewisse Erleichterung, wenn Poole den gewöhnlichen Bescheid gab: »Der Herr Doktor ist nicht zu sprechen.« Es war ihm angenehmer, sich mit dem alten Diener vor der Tür einige Minuten zu unterhalten, auf dem offenen, belebten Square, wo das Leben und Treiben der großen Stadt an sein Ohr schlug, als in das öde, dunkle Haus zu treten, wo der unglückliche Bewohner in freiwilliger Gefangenschaft lebte.

Was Poole zu sagen hatte, war auch nicht geeignet, den Advokaten zu beruhigen. Der Doktor ließ sich fast gar nicht mehr sehen. Er war vom Morgen bis zum Abend in seinem Laboratorium, wo er auch mitunter die Nacht zubrachte.

»Er scheint sehr traurig zu sein,« sagte Poole, »er spricht fast nie, er meidet uns; er liest nicht. Er muß etwas sehr Schweres auf dem Herzen haben.«

Utterson hatte sich so an diese trostlosen Nachrichten gewöhnt, daß mit der Zeit seine Besuche seltener und seltener wurden.

VII.

Eines Nachmittags kamen Utterson und Enfield auf ihrem gewöhnlichen Sonntagsspaziergang wieder durch die kleine Nebenstraße. Als sie an die Hintertür kamen, standen beide still. »Hoffentlich nicht,« sagte Utterson. »Habe ich dir je gesagt, daß ich ihn einmal gesehen habe, und daß er mir denselben Abscheu und Widerwillen einflößte, wie dir?«

»Das kann ich mir wohl denken,« erwiderte Enfield. »Uebrigens mußt du mich für sehr dumm gehalten haben, daß ich nicht wußte, daß diese Tür in Doktor Jekylls Hinterhaus führte. Ich habe es teilweise dir zu verdanken, daß ich es entdeckt habe.«

»So? Das wußte ich nicht,« sagte Utterson. »Da wir gerade hier sind, wollen wir doch einmal in die Sackgasse gehen und uns die Fenster ansehen. Ich muß dir gestehen, ich fühle mich sehr beunruhigt wegen des armen Jekyll, und obgleich ich hier draußen bin, ist es mir, als ob die Nähe eines Freundes ihm gut tun könnte.«

Die kleine Gasse war naß und kalt; obgleich der Himmel noch hell vom warmen Sonnenlicht war, herrschte schon ein unheimliches Halbdunkel in derselben. – Das mittlere der drei Fenster war halb offen, und an demselben, mit einem Ausdruck hoffnungsloser Traurigkeit, wie ein zum Tode Verurteilter, saß Doktor Jekyll.

»Heda, Jekyll!« rief Utterson, »wie geht's? Hoffentlich besser!«

»Ich fühle mich sehr schwach, Utterson,« sagte Jekyll mit gebrochener Stimme, »sehr schwach. Gott sei Dank, es kann nicht lange mehr dauern.«

»Dummes Zeug,« antwortete der Advokat; »du hockst zu viel zu Hause. Du solltest dir mehr Bewegung machen. Komm, schnell, setz' dir den Hut auf, und mach' einen tüchtigen Spaziergang mit uns. Dies ist mein Vetter – Herr Enfield – Doktor Jekyll. Komm, mach' schnell, wir warten.«

»Du bist sehr liebenswürdig, Utterson, sehr liebenswürdig. Ich danke dir von ganzem Herzen, aber es ist unmöglich. Ich würde dich und Herrn Enfield bitten, heraufzukommen, aber die Stube ist wirklich in einem solchen Zustande, daß ich euch nicht empfangen kann.«

»Nun,« sagte der gutmütige Advokat, »dann bleibt uns nichts weiter übrig, als von hier aus ein bißchen mit dir zu schwatzen.«

»Das wollte ich eben vorschlagen,« sagte der Doktor. Aber kaum hatte er diese Worte gesprochen, als das matte Lächeln, das einen Augenblick sein blasses Gesicht erhellte, schwand; ein solcher Ausdruck sklavischer Furcht, unnennbarer Angst, unnatürlichen Schreckens zeigte sich in seinen Zügen, daß den beiden Herren unten das Blut in den Adern erstarrte. Es währte nur einen Augenblick, denn das Fenster wurde sofort geschlossen – aber dieser Augenblick war genug. Sie gingen beide schweigend weiter, erst als sie in eine große, lebhafte Straße gekommen waren, wagten sie es, sich anzusehen. Sie waren beide blaß geworden; verstört und entsetzt blickten sie einander an.

»Gott vergebe ihm, Gott vergebe uns allen!« sagte der Advokat feierlich.

Herr Enfield nickte langsam mit dem Kopfe; dann gingen sie stillschweigend nach Hause.

*

VIII.

Einige Tage darauf saß Utterson nach dem Essen allein beim Feuer, als er durch Pooles Besuch überrascht wurde.

»Was bringt Sie so spät hierher?« fragte er und dann, als er den Mann zum zweiten Male ansah:

»Um Himmels willen, was fehlt Ihnen, Poole? Sind Sie krank? Ist der Doktor krank?«

»Herr Utterson,« sagte der alte Diener, »es ist etwas nicht richtig bei uns!«

»Setzen Sie sich, Poole,« sagte der Advokat, hier, trinken Sie ein Glas Wein; Sie sind ja ganz verstört. Was gibt's denn?«

»Sie kennen ja des Herrn Doktors eigentümliche Lebensweise,« erwiderte Poole, »Sie wissen, daß er sich tagelang in seiner Arbeitsstube einschließt und sich vor niemand sehen läßt. Jetzt ist er wieder eingeschlossen, und, beim allmächtigen Gott, Herr Utterson, es ist etwas nicht geheuer, mir ist bange!«

»Und weshalb ist Ihnen bange? Sprechen Sie sich doch aus!«

»Seit über einer Woche habe ich dieses unheimliche Gefühl. Es ist etwas nicht geheuer bei uns im Hause; ich kann es nicht länger ertragen.«

Utterson sah Poole mit Erstaunen und Bedauern an. Der Mann war sichtlich verändert; er war blaß, und in seinen Augen drückte sich ein Gefühl der Angst und des Schreckens aus. Nicht einmal hatte er dem Advokaten ins Gesicht gesehen. Er hielt das Glas Wein unberührt in seiner Hand und starrte finster vor sich hin.

»Es ist nicht geheuer bei uns,« sagte er dumpf.

»Sie scheinen alle Ursache zu haben, erregt zu sein,« sagte Utterson, »sagen Sie mir doch, was es ist.«

»Herr,« sagte Poole mit bebender Stimme, »es handelt sich um ein Verbrechen – eine Gewalttat!« –

»Ein Verbrechen?« rief der Advokat, der jetzt auch ernstlich erschreckt war. »Ein Verbrechen? Aber um Gottes willen, so sprechen Sie doch!«

»Ich wage es nicht,« erwiderte Poole, »kommen Sie, und überzeugen Sie sich selbst.«

Utterson stand auf, nahm seinen Hut, und die beiden machten sich auf den Weg.

Es war ein stürmischer, kalter Märzabend. Leichte, durchsichtige Wolken jagten über das blasse Mondviertel dahin. Der heftige, eisige Wind wirbelte hohe Staubwolken auf; es war kaum möglich, zu sprechen. Er schien auch die Leute von den Straßen gefegt zu haben; Utterson sagte sich, daß er diesen Teil Londons noch nie so einsam gesehen habe. Und nie hatte er mehr das Bedürfnis gefühlt, als gerade jetzt, Menschen zu sehen, zu fühlen, mit ihnen zu reden. Er konnte sich der erdrückenden Ahnung eines großen Unglücks nicht erwehren.

Der Square, in welchem Jekylls Haus stand, war voll Wind und Staub. Die entblätterten Aeste der Bäume schlugen mit unheimlichem Geräusch aneinander.

Poole, der während des ganzen Weges ungefähr zwei Schritt vor dem Advokaten gegangen, stand mit einem Male still. Trotz des eisigen Windes nahm er seinen Hut ab und wischte sich den Schweiß von der Stirn. Es war aber nicht der gesunde Schweiß, der durch die schnelle Bewegung hervorgebracht wird, es waren die kalten, schweren Tropfen, die die Furcht erpreßt, denn sein Gesicht war totenbleich, seine Stimme heiser und zitternd, als er sich zu Utterson wandte:

»Jetzt sind wir an Ort und Stelle, Herr; Gott gebe, daß alles gut wird!«

»Amen!« sagte der Advokat feierlich.

Der Diener klopfte vorsichtig an die Tür, dieselbe wurde nur ganz wenig geöffnet, und eine Stimme fragte von innen:

»Sind Sie es, Poole?«

»Ja, öffnen Sie die Tür.«

Die große Halle war hell erleuchtet, ein mächtiges Feuer brannte im Kamin, und um dasselbe, dicht aneinandergedrängt, wie eine Schafherde, stand die gesamte Dienerschaft des Hauses.

»Gott sei Dank, es ist Herr Utterson,« rief die alte Köchin und stürzte dem Advokaten entgegen, als wollte sie ihn umarmen. –

»Was tut Ihr alle hier?« sagte Utterson etwas verdrießlich. »Das scheint mir durchaus nicht in der Ordnung. Das würde dem Herrn Doktor sehr unlieb sein.«

»Sie fürchten sich alle,« sagte Poole.

Allgemeines Schweigen folgte, das nur durch das krampfhafte Weinen des Stubenmädchens unterbrochen wurde.

»Seien Sie ruhig,« fuhr Poole sie an, mit einer Heftigkeit, die dem gutmütigen alten Mann sonst ganz fremd, und die nur ein Zeugnis seiner eigenen inneren Erregung war. Auf allen Gesichtern war derselbe Ausdruck unnennbarer Furcht zu lesen, den der Advokat bei Poole bemerkt hatte. Dieser nahm jetzt ein Licht und bat Herrn Utterson, ihm zu folgen.

»Gehen Sie recht leise,« sagte er, »Sie sollen hören, aber Sie sollen nicht gehört werden. Und noch eins; sollte er Sie bitten, hereinzukommen, tun Sie es nicht, ich beschwöre Sie!«

Auf dies Gesuch war Utterson nicht gefaßt, es machte ihn ganz verwirrt, doch sammelte er sich und folgte Poole über den Hof in das Sezierzimmer, das noch immer in demselben Zustande der Unordnung war, wie bei seinem letzten Besuche. Poole nahm seine ganze Willenskraft, seinen ganzen Mut zusammen, stieg die mächtigen Stufen hinauf und klopfte an die Tür des Arbeitszimmers.

»Herr Utterson ist hier und wünscht den Herrn Doktor zu sehen,« rief er laut. Zu gleicher Zeit machte er Utterson ein Zeichen, aufmerksam zu horchen.

»Sagen Sie ihm, es sei unmöglich,« erwiderte eine klagende, schwache Stimme von innen, »ich bedaure sehr, ich kann niemand sehen.«

»Sehr wohl, Herr Doktor,« sagte Poole mit lauter Stimme, mit einem gewissen Ausdruck des Triumphs. Dann nahm er das Licht und führte den Advokaten zurück in das Vorderhaus.

»Herr Utterson, ich frage Sie, war das meines Herrn Stimme?«

»Sie klingt sehr verändert,« sagte der Advokat, der totenbleich geworden war.

»Verändert?« rief Poole: »Ich bin zwanzig Jahre in diesem Hause, und sollte meines Herrn Stimme nicht kennen? – Nein, mein Herr ist ermordet – verschwunden, seit einer Woche, seit damals, als ich ihn habe schreien und Gott anrufen hören. Aber wer jetzt in seinem

Zimmer ist, das weiß niemand, und daß er auch ruhig da drinnen bleibt, das schreit gen Himmel, Herr Utterson!«

»Es ist eine seltsame Geschichte, Poole, eine sehr seltsame Geschichte,« sagte Utterson. »Aber wirklich angenommen, daß Doktor Jekyll ... ermordet ist, so ist es doch nicht wahrscheinlich, daß der Mörder noch dort im Zimmer bleibt. Nein, nein, Poole, die Annahme hält nicht Stich.«

»Herr Utterson,« sagte Poole, »Sie sind schwer zu überzeugen, und doch wird es mir gelingen. Während der ganzen letzten Woche hat er, oder es, in jenem Zimmer nach einem besonderen Medikament verlangt und hat es nicht bekommen können. Der Doktor pflegte mitunter seine Befehle auf kleine Zettel zu schreiben, die ich auf der Treppe fand. So ist es auch diese ganze Woche gegangen; nichts als Zettel und eine verschlossene Tür, sogar die Mahlzeiten, die ich vor die Tür stellte, hat er heimlich hineingeschmuggelt, wenn niemand zugegen war. Jeden Tag, mitunter zwei und dreimal, sind solche Befehle und Klagen gekommen, ich bin bei allen Apothekern und Chemikalienhändlern der Stadt herumgelaufen. Und jedesmal, wenn ich das Verlangte brachte, erhielt ich wieder einen neuen Zettel: ich sollte das Paket zurücknehmen, die Ware sei verfälscht, untauglich; und dann folgte eine neue Bestellung an eine andere Firma. Was es auch sein mag, Leben und Tod scheinen von der Echtheit dieses Präparats abzuhängen.«

»Haben Sie vielleicht noch einen von jenen Zetteln?« fragte Herr Utterson.

Poole suchte in seinen Taschen und zog ein zerknittertes Stück Papier hervor, welches der Advokat mit großer Aufmerksamkeit durchlas: Doktor Jekyll schrieb an den Besitzer einer großen Chemikalienhandlung, daß das eben gesandte Medikament verfälscht und ganz unbrauchbar sei. Er habe im Jahre 18.. eine größere Quantität desselben von ihm gekauft, und er ersuche ihn so dringend wie möglich, auf das allergenauste nachsehen zu lassen, ob nicht noch etwas davon vorhanden sei; gleichviel was es koste, es müsse beschafft werden, es wäre von unbeschreiblicher Wichtigkeit für Doktor Jekyll. Bis dahin war der Brief in ruhigem Geschäftston geschrieben; dann aber schien es, als ob der Schreiber nicht länger seiner Bewegung Herr geblieben; mit einem entstellten Gekritzel geschrieben folgten die

Worte: »Im Namen Gottes, verschaffen Sie mir noch etwas von der alten Sorte!«

»Das ist ein merkwürdiger Brief,« sagte Utterson. »Wie kommt es, daß er offen in Ihren Händen ist?«

»Der Kommis im Laden wurde furchtbar ärgerlich und warf ihn mir beinahe ins Gesicht,« sagte Poole.

»Das ist ohne Zweifel Doktor Jekylls Handschrift,« sagte der Advokat.

»Mir scheint es auch so,« sagte Poole etwas gereizt, »aber warum soll ich mich um diese Schreiberei kümmern? Ich habe ihn gesehen.«

»Sie haben ihn gesehen? Nun?«

»Ich will Ihnen sagen, wie es kam. Ich trat plötzlich in das Laboratorium ein. Er war heimlich heruntergekommen und stöberte unter den Chemikalien herum; die Türe seiner Arbeitsstube stand offen. So wie er mich sah, stieß er einen Schrei aus und flog die Treppe hinauf wie ein gehetztes Tier. Ich sah ihn nur einen Augenblick, aber das genügte. Das Haar stand mir zu Berge; es überläuft mich kalt, wenn ich nur daran denke. Wenn das mein Herr war, warum hatte er eine Maske vor? Wenn das mein Herr war, warum schrie er wie eine Ratte und lief vor mir fort? Ich habe ihm, Gott weiß es, lange und treu gedient ... O Gott, o Gott!« ... Der alte Diener, von seiner Bewegung übermannt, hielt inne und bedeckte sein Gesicht mit beiden Händen.

»Das klingt alles sehr sonderbar, Poole,« sagte der Advokat, »aber ich glaube, ich sehe ein Licht in der Dunkelheit. Ich vermute, Ihr Herr ist von einer jener entsetzlichen Krankheiten befallen, die nicht nur den Körper peinigen, sondern ihn auch entstellen. – Daher kommt auch die Veränderung in seiner Stimme, daher die Maske, daher sein Vermeiden alter Freunde; daher seine Besorgnis, das richtige Medikament zu bekommen, von dem er Linderung und Genesung erwartete. – Der Himmel gebe, daß er sich nicht täuscht. Das ist meine Erklärung des Geheimnisses. Es ist immerhin noch schlimm genug, aber wir haben doch nicht das Aergste zu befürchten.«

»Herr Rechtsanwalt,« sagte Poole mit bleichem Gesicht und bebender Stimme, »das Ding da, das Geschöpf, das ich gesehen, das war nicht mein Herr!« Er blickte sich ängstlich um, als wollte er sich vergewissern, daß ihn niemand höre: »Mein Herr war ein großer, schön gewachsener Mann – dies war ein Zwerg!«

Utterson versuchte, ihm zu widersprechen. »Was,« fuhr der Diener im höchsten Grade erregt fort, »glauben Sie, daß ich meinen Herrn nicht kenne, nach mehr als zwanzig Jahren? Glauben Sie, daß ich nicht genau weiß, bis zu welcher Stelle sein Kopf reichte, wenn er in der Tür seines Arbeitszimmers stand, wo ich ihn jeden Morgen gesehen habe? Nein, das Ding da mit der Maske, das war nicht Doktor Jekyll – Gott weiß, wer es war, aber es war nicht Doktor Jekyll, mein guter, lieber Herr – den haben sie ermordet und aus dem Wege geräumt!«

»Poole,« sagte der Advokat, »wenn Sie auf Ihren Behauptungen bestehen, so halte ich es für meine Pflicht, der Sache auf den Grund zu kommen. – Vor allem möchte ich meinen alten Freund nicht verletzen. Nach diesem Briefe zu urteilen ist er noch am Leben; und jetzt bin ich entschlossen, die Tür aufzubrechen.«

»Ah, Herr Utterson, jetzt sprechen Sie, wie ich es von Ihnen erwartete,« rief der Diener.

»Und nun kommt die zweite Frage,« sagte der Advokat, »wer soll die Tür einschlagen?«

»Sie und ich, selbstverständlich!« war die Antwort.

»Gut,« sagte Utterson, »was auch die Folgen sein mögen, ich nehme alle Verantwortung auf mich.«

»Hier liegt eine Axt, ich werde noch ein Brecheisen aus dem Keller holen,« fuhr Poole fort.

Der Advokat nahm das schwere Instrument in seine Hand. »Wissen Sie, Poole,« sagte er, »daß unser Unternehmen nicht ohne Gefahr ist?«

»Gewiß,« erwiderte der Diener.

»Es ist also notwendig,« fuhr Herr Utterson fort, »daß wir uns über alles ganz im klaren find, ehe wir anfangen. Wir beide denken und vermuten mehr, als wir uns gesagt haben. Also seien wir offen gegeneinander. Sagen Sie mir aufrichtig, haben Sie diese Gestalt mit der Maske erkannt?«

»Sie war so zusammengekrümmt und so schnell verschwunden, daß ich vor Gericht nicht meinen Eid darauf ablegen möchte. Aber wenn Sie mich fragen, ob es Herr Hyde war, so antworte ich Ihnen, ja, ich bin fest davon überzeugt. Die Gestalt hatte dieselbe Größe, dieselben schnellen, katzenartigen Bewegungen. Außerdem, wer anders hätte in das Hinterhaus kommen können? Niemand hatte den Schlüssel dazu, außer ihm und dem Herrn Doktor. Sie müssen auch nicht vergessen, daß am Tage des Mordes Hyde noch den Schlüssel hatte. Doch das ist nicht alles. Ich weiß nicht, Herr Rechtsanwalt, ob Sie diesen Herrn Hyde jemals gesehen haben?«

»Ja, ich habe einmal mit ihm gesprochen.«

»Dann müssen Sie auch den Eindruck gehabt haben, den jeder, der mit ihm zusammengekommen, empfunden hat, daß irgend etwas Unheimliches, Unnatürliches an ihm ist. Ich kann es Ihnen nicht näher beschreiben; ich weiß nur, daß, wenn ich ihn sah, mir das Mark in den Knochen erstarrte.«

»Ich habe auch dieses Gefühl gehabt,« sagte Utterson.

»Als dieses maskierte Ding wie ein Affe die Treppe hinaufsprang,« fuhr der Diener fort, »da stand mir das Herz still, ich wurde eiskalt. Ich weiß wohl, Herr Rechtsanwalt, daß meine Aussage vor Gericht nichts gelten würde. Aber ich sage es Ihnen, ich schwöre es Ihnen bei allem, was mir heilig ist – es war Hyde.«

»Ich fürchte, Sie haben recht, Poole,« sagte der Advokat, »es konnte nur Böses von einer solchen Verbindung kommen, nur Böses für meinen alten Freund. Ich fürchte wie Sie, daß der arme Henry Jekyll ermordet ist, und glaube, daß der Mörder – Gott weiß, wie das zu erklären ist – noch oben in der Arbeitsstube haust. Wir müssen Jekylls Tod rächen. Rufen Sie Bradshaw!«

Bradshaw, der zweite Diener erschien, sehr blaß und verstört.

»Mut gefaßt, Bradshaw,« sagte der Advokat, »diese Ungewißheit über das Schicksal Ihres Herrn ist nicht mehr zu ertragen; wir wollen ihr ein Ende machen. Poole und ich werden in die Arbeitsstube eindringen. Um die Möglichkeit zu verhindern, daß uns der Uebeltäter entschlüpfe, gehen Sie mit dem Kutscher an die Hintertür. Nehmen Sie sich jeder einen guten Stock; im Notfalle brauchen Sie Gewalt; unter allen Umständen sorgen Sie dafür, daß er uns nicht entkomme. Ich gebe Ihnen zehn Minuten, sich auf Ihren Posten zu begeben.«

Der Advokat sah nach seiner Uhr.

»Und nun, Poole,« fuhr er fort, »wollen wir auf unseren Posten gehen.« Sie traten in den Hof. Die Wolken waren schwerer und dichter geworden und bedeckten den Mond; es war tiefe, dunkle Nacht. Der Wind heulte durch den engen Hof und blies das Licht aus, das Poole trug. Erst als er unter der Tür des Laboratoriums stand, war es ihm möglich, es wieder anzuzünden. – Sie setzten sich auf eine Kiste und warteten schweigend. Sie hörten das ferne summende Geräusch der Stadt; aber in ihrer unmittelbaren Nähe wurde die Stille durch Schritte, die sie deutlich über sich vernahmen, unterbrochen.

»So geht es den ganzen Tag,« flüsterte Poole, »und auch den größten Teil der Nacht. O, er hat ein böses Gewissen, der da oben herumschleicht. Er hat Blut vergossen – das ist der Schritt eines Mörders! Horchen Sie, Herr Rechtsanwalt, ist das der Tritt meines Herrn?«

Die Schritte waren leicht, elastisch, ganz verschieden von dem schweren, entschlossenen Auftreten Jekylls. Utterson seufzte tief:

»Ist es immer dasselbe?« fragte er.

»Einmal habe ich es weinen hören,« flüsterte Poole.

»Weinen?« rief der Advokat mit Entsetzen.

»Ja, weinen,« sagte der Diener, »wie ein Weib, wie eine verlorene Seele.«

Die zehn Minuten waren beinahe verstrichen. Poole nahm die Axt, der Advokat die schwere eiserne Stange. Der Vorhang wurde zurückgezogen, das Licht auf eine Kiste am Fuße der Treppe gestellt. Jetzt stiegen beide die Stufen hinauf. Utterson klopfte an die Tür – keine Antwort.

»Jekyll,« rief er mit lauter Stimme, – »ich muß dich sehen – ich bestehe darauf!« – Wiederum keine Antwort. »Ich sage dir, daß ich entschlossen bin, dich zu sehen, und wenn du nicht aufmachst, so schlage ich die Tür ein!«

»Utterson,« rief eine Stimme von innen, »um Gottes willen, hab' Erbarmen!«

»Ha!« schrie der Advokat, »das ist nicht Jekylls Stimme, das ist Hyde! Schlagen Sie die Tür ein, Poole!«

Poole vollführte mit der Axt einen wuchtigen Hieb. Es war eine alte, feste Tür aus hartem Holz, die nicht weichen wollte.

Ein grauenerregendes, tierähnliches Angstgeschrei drang aus der Stube. Endlich gelang es Utterson, sein Eisen einzuklemmen und das Schloß aufzubrechen. –

Einen Augenblick standen die beiden still, als ob sie erschreckt wären von dem Lärm, den sie selbst machten. Da lag die Stube vor ihnen, im hellen ruhigen Lampenlicht; ein großes Feuer brannte im Kamin; ein kleiner kupferner Kessel summte auf dem Herde; auf einem Nebentisch waren Vorbereitungen zum Tee gemacht; auf dem großen Arbeitstische lagen Briefe und andere Papiere in sorgfältigster Ordnung – es konnte in ganz London kein ruhigeres, gemütlicheres Zimmer geben.

Aber auf dem Fußboden krümmte sich in schrecklichen, krampfhaften Zuckungen ein menschlicher Körper. Sie traten näher. Utterson legte ihn auf den Rücken und erblickte das Gesicht – von Edward Hyde. Er trug Kleider, die viel zu groß für ihn waren, Kleider, die Jekyll gepaßt hätten. Seine Gesichtsmuskeln zuckten noch krampfhaft – aber das Leben war entflohen. – Ein zerbrochenes Fläschchen in der starren Hand, ein starker Geruch von bitteren Mandeln überzeugte Utterson, daß er vor der Leiche eines Selbstmörders stand. –

»Wir sind zu spät gekommen, Poole,« sagte er feierlich, »zu spät zu retten oder zu strafen. Hyde steht jetzt vor einem anderen Richter. Es bleibt uns nichts anderes übrig, als die Leiche unseres unglücklichen Freundes zu suchen.«

Sie durchstöberten das Hintergebäude mit größter Sorgfalt. Kein Wandschrank, kein Alkoven, kein Winkel entging ihrer Aufmerksamkeit. Der Staub, der von den Türen fiel, zeigte deutlich, daß dieselben seit langer Zeit nicht geöffnet waren. – Unten im Keller lagen zerbrochene Kisten und allerlei Unrat; die Spinnen hatten ihre Netze vor die Tür gewebt; es war augenscheinlich, daß seit Jahren kein Mensch diesen Raum betreten. – Nirgends war eine Spur von Herrn Jekyll zu finden.

»Vielleicht hat er ihn hier verscharrt,« sagte Poole, indem er mit dem Fuße aus die großen Steine des Ganges, der nach der Straßentür führte, stampfte. –

»Oder er hat sich vielleicht gerettet und ist entflohen,« sagte Utterson. Sie gingen an die Tür. Sie war verschlossen, und dicht dabei auf den Steinen lag der Schlüssel. Er war ganz mit Rost bedeckt. »Der ist seit längerer Zeit nicht gebraucht worden,« sagte Utterson.

»Gewiß nicht,« meinte Poole, »sehen Sie denn nicht, Herr Rechtsanwalt, daß er zerbrochen ist? Gerade als wenn ihn jemand mit Gewalt zertreten hätte.«

»Ja, und die Bruchstücke sind auch schon verrostet,« fuhr Utterson fort. Die beiden starken Männer sahen sich mit Furcht und Bangen an. »Ich weiß nicht, was ich tun oder denken soll,« sagte der Advokat endlich. »Kommen Sie, Poole, wir wollen noch einmal die Stube durchsuchen.«

Sie stiegen die Treppe wieder hinauf. Da lag die Leiche Hydes, starr und kalt – ein grauenhafter Anblick.

Sie untersuchten die Stube noch einmal mit größter Sorgfalt; vielleicht würden Sie einen Brief oder sonst etwas finden, was ihnen Aufschluß über Jekylls Verbleiben geben könnte. Auf einem der Seitentische mußten noch vor kurzem chemische Experimente gemacht worden sein. Kleine Glasschüsseln mit Chemikalien, Fläschchen mit verschiedenfarbigen Flüssigkeiten, eine Apothekerwage, Filter und ähnliche Gegenstände zeugten von der Arbeit eines Gelehrten.

»Dies ist das Präparat, das ich ihm so oft holen mußte,« sagte Poole, auf ein weißes, salzartiges Pulver deutend.

Vor dem Feuer stand ein Lehnstuhl; neben demselben ein kleiner Tisch, auf dem der Tee serviert war. Ein offenes Buch lag dabei. Utterson nahm es auf; es war ein theologisches Werk, von dem ihm Jekyll oftmals mit großer Verehrung gesprochen hatte. Die Seiten waren von des Doktors eigener Hand mit gräßlichen Gotteslästerungen bekritzelt.

Mit einem unerklärlichen Gefühl von Schauder blickten sie in den großen Drehspiegel, der so gestellt war, daß sie außer ihren eigenen blassen, furchtsamen Gesichtern nur das rosige Licht des Feuers sehen konnten, das lustig im Kamin brannte und in phantastischen Gebilden von den Scheiben der Schränke widerspiegelte.

»Der Spiegel muß seltsame Dinge gesehen haben,« flüsterte Poole.

»Nichts Seltsameres, als heute,« erwiderte der Advokat. »Ich zerbreche mir den Kopf darüber, wozu Jekyll denselben hier gebraucht hat.«

»Ich habe mich auch oft darüber gewundert,« sagte der Diener.

Der Schreibtisch war mit sorgfältig geordneten Papieren bedeckt. Obenauf lag ein großer, schwerer Brief, vorsichtig versiegelt und an Herrn Utterson adressiert. Der Advokat öffnete ihn; mehrere Einlagen fielen aus dem Kuvert. Die erste war ein Testament. Es enthielt dieselben merkwürdigen Verfügungen wie das, welches er Jekyll vor sechs Monaten zurückgegeben. – Da standen auch wieder die unheimlichen Worte: »im Falle meines Verschwindens« – aber anstatt des Namens Edward Hyde sah der Advokat jetzt seinen eigenen Namen – John Gabriel Utterson. – Er sah Pools an, dann das Schriftstück in seiner Hand – dann die regungslose Leiche.

»Poole,« sagte er endlich, »mir schwindelt der Kopf. Ich weiß nicht, was ich zu alledem sagen soll. Hyde ist seit mehreren Tagen hier allein in der Stube gewesen. Er hatte keine Ursache, mir wohlzuwollen; er muß wütend geworden sein, daß mein Name den seinen aus dem Testament verdrängt hat, und doch hat er es nicht vernichtet.«

Er nahm eine andere Einlage; ein kurzer Brief, oben datiert, von Jekylls eigener Hand.

»Poole,« rief der Advokat in größter Erregung, »er war heute noch am Leben und hier in dieser Stube. Man kann ihn nicht in so kurzer Zeit aus dem Wege geschafft haben; er lebt noch, er muß geflohen sein! Aber weshalb? Und wie?« Ein unheimlicher Gedanke bemächtigte sich des Advokaten. »Ich glaube nicht,« fuhr er fort, »daß wir berechtigt sind, diesen Toten ohne weiteres für einen Selbstmörder zu halten. Wir müssen sehr vorsichtig sein, Poole, wer weiß, ob nicht noch ein schreckliches Unglück für Ihren Herrn aus dieser Geschichte erwächst.«

»Aber warum lesen Sie denn nicht den Brief, Herr Rechtsanwalt?« fragte Poole.

»Mir ist bange,« sagte der Advokat; »Gott gebe, daß ich mich täusche!«

Mit diesen Worten nahm er den Brief und las:

»Mein lieber Utterson!

Wenn dieser Brief in Deine Hände gelangt, bin ich verschwunden. Unter welchen Umständen weiß ich noch nicht; aber ein Vorgefühl sagt mir, daß das Ende sicher und nahe ist. Lies zuerst den Brief, den, wie ich weiß, Lanyon Dir geschrieben hat – dann, wenn Dir daran liegt, noch mehr zu erfahren, lies das Bekenntnis Deines unwürdigen und unglücklichen Freundes

Henry Jekyll.

»War nicht noch eine andere Einlage da?« fragte Utterson.

»Hier ist sie,« sagte Poole, indem er dem Advokaten ein schweres, an mehreren Stellen versiegeltes Paket gab.

Der Advokat steckte es in seine Tasche. »Sprechen Sie zu niemand über diese Dokumente. Ob Ihr Herr nun tot sei oder entflohen, unter allen Umständen müssen wir seinen guten Namen retten. Es ist jetzt zehn Uhr. Ich gehe nach Hause und werde diese Briefe sorgfältig durchlesen; vor Mitternacht bin ich wieder hier, und dann wollen wir die Polizei rufen lassen.«

Sie verschlossen das Hinterhaus, und Poole nahm den Schlüssel zu sich. In der Vorhalle stand die Dienerschaft wie zuvor, ängstlich um das Feuer gedrängt. Schweren Schrittes ging Utterson nach Hause.

Dort angelangt, verschloß er sich in seine Arbeitsstube und öffnete den eisernen Schrank. Aus der geheimen Lade nahm er Lanyons Brief, den er, nach den ihm gegebenen Vorschriften, zuerst lesen sollte.

*

IX.

»Vor vier Tagen, am 9. Januar 18..« schrieb Lanyon, »erhielt ich mit der letzten Briefausgabe einen rekommandierten Brief, auf dessen Kuvert ich die Handschrift meines Kollegen und alten Schulfreundes, Henry Jekyll, erkannte. Ich war etwas überrascht; wir korrespondierten nicht viel miteinander; außerdem hatte ich ihn den Abend vorher gesehen und bei ihm gegessen. Ich konnte mir wirklich nicht erklären, was in unseren Beziehungen wichtig genug sei, um die Ehre eines eingeschriebenen Briefes zu verdienen. – Der Inhalt desselben aber steigerte meine Ueberraschung.

›Lieber Lanyon,‹ schrieb Jekyll, ›Du bist einer meiner ältesten Freunde. Obgleich wir während der letzten Jahre nicht immer in wissenschaftlichen Fragen übereinstimmten, so glaube ich doch nicht, daß dies irgend welchen Einfluß auf unsere gegenseitige Zuneigung und Achtung gehabt hat. Hättest Du je zu mir gesagt: ›Jekyll, mein Leben, meine Ehre, mein ganzes Wohl und Wehe hängen von dir ab,‹ so würde ich Dir mein Vermögen, meine rechte Hand, alles, was mir wert ist, mit Freuden geopfert haben. Lanyon, heute flehe ich zu Dir um Hilfe. Mein Leben, meine Ehre, alles, alles liegt in Deiner Hand. Solltest Du in dieser schweren Stunde mir Deinen Beistand versagen, so ist es um mich geschehen. Nach dieser Einleitung fürchtest Du vielleicht, daß ich etwas Unehrenhaftes von Dir verlange – urteile selbst.

Du mußt mir diesen Abend opfern, Du mußt alles andere aufschieben, und riefe man Dich an das Sterbebett eines Kaisers. Nimm Dir eine Droschke, wenn nicht gerade Dein eigener Wagen vor der Tür steht, und fahre direkt nach meiner Wohnung. Poole weiß Bescheid; er wird einen Schlosser im Hause haben, von diesem läßt Du die Tür meiner Arbeitsstube aufbrechen; Du gehst allein hinein; öffnest den Glasschrank E, der erste links von der Tür; daraus nimmst Du, mit allem, was darin ist, die vierte Schublade von oben (die dritte von unten, was dasselbe ist). In meiner entsetzlichen Seelennot habe ich eine krankhafte Furcht, nicht deutlich genug zu sein; doch kannst Du die Lade nicht verfehlen, sie enthält einige Pulver, eine Phiole und ein Buch. Du nimmst sie, ohne irgend etwas darin anzurühren, mit Dir nach Deiner Wohnung in Cavendish Square.

Das ist das erste, was Du für mich tun sollst; nun das zweite. Wenn Du sofort nach Empfang dieses Briefes nach meiner Wohnung fährst, so mußt Du lange vor Mitternacht wieder zu Hause sein. Ich gebe Dir aber viel Zeit, nicht nur aus Furcht, daß durch irgend einen unvorhergesehenen Umstand eine Verzögerung stattfinden könnte, sondern auch, weil um diese Stunde Deine Dienerschaft zu Bett gegangen sein wird, was unter den Verhältnissen sehr wünschenswert ist. Um Mitternacht – genau um zwölf Uhr – bitte ich Dich, in Deiner Sprechstube allein zu sein, und selbst einem Manne die Tür zu öffnen, der dort in meinem Namen Einlaß begehren wird. Diesem gibst Du die Lade, wie Du sie aus dem Schranke genommen hast; dann hast Du das Deinige getan, und Du bist meiner Dankbarkeit auf alle Zeiten sicher. Wenn Du fünf Minuten nachher eine Erklärung haben willst, so wirst Du einsehen, von welcher unberechenbaren Wichtigkeit für mich alle diese Vorkehrungen sind. Solltest Du nur eine einzige derselben unterlassen, so hast Du Dein Gewissen mit meinem Tode, oder, was noch schlimmer ist, mit der Vernichtung meines Verstandes belastet.

Ich bin voller Vertrauen, daß Du mein flehendes Bitten nicht abschlägst, mein Herz stockt, meine Glieder schlottern, wenn ich nur an die Möglichkeit einer Abweisung denke. Ich bin an einem fremden Orte, unter fremden Leuten, in tiefster Seelennot, die selbst die ausschweifendste Phantasie nicht übertreiben kann; o, denke daran, daß, wenn Du nur pünktlich ausrichtest, um was ich Dich bitte, mein ganzes Unglück wie Nebel vor der Sonne verschwinden wird. Denke daran, Lanyon, steh' mir bei und rette

Deinen Freund

Henry Jekyll.‹

›(Nachschrift.) Ich hatte diesen Brief schon versiegelt, als ein Gedanke meine Seele in neuen Schrecken versetzte. Sollte durch irgend einen Zufall dieser Brief erst morgen früh in Deine Hände kommen, dann richte morgen abend meinen Auftrag aus und erwarte den Mann um

Mitternacht. Möglicherweise wird es aber dann schon zu spät sein; sollte morgen die Nacht ohne irgend etwas Besonderes vorübergehen, dann weißt Du, daß Du Henry Jekyll nie wieder sehen wirst.‹

Als ich den Brief gelesen hatte, kam ich zu der festen Ueberzeugung, daß mein Kollege wahnsinnig geworden sei. Bis ich jedoch davon positive Beweise erlangt hatte, fühlte ich mich verpflichtet, seinem Gesuch nachzukommen. Je weniger ich den wüsten Unsinn verstand, desto weniger war ich in der Lage, mir von der wirklichen Wichtigkeit dessen, was er geschrieben, einen Begriff zu machen – aber eine Bitte, in solche Worte gekleidet, konnte ich nicht ohne schwere Verantwortlichkeit abweisen. Ich nahm mir sofort eine Droschke und fuhr nach Jekylls Haus. Poole hatte mit derselben Post, wie ich, einen rekommandierten Brief erhalten und hatte einen Schlosser und einen Tischler holen lassen. Nach nicht geringer Mühe gelang es, die schwere, eichene Tür und das feste Schloß zu öffnen. Der Schrank, mit E bezeichnet, stand offen, ich nahm die Schublade, ließ sie sorgfältig in ein Leinentuch einpacken, und fuhr nach Hause.

Dort angekommen, untersuchte ich den Inhalt. Er bestand aus einem weißen Pulver, das in mehrere, ziemlich gleichmäßige Dosen verteilt war. Ohne nähere chemische Untersuchung erschien mir dasselbe als ein harmloses kristallenes Salz. Die Phiole war über die Hälfte mit einer blutroten Flüssigkeit angefüllt, die von scharfem Geruch war und unbedingt Phosphor und irgend ein flüchtiges, ätherisches Präparat enthielt. In dem Buch fand sich eine lange Reihe von Daten, die sich über einen Zeitraum von mehreren Jahren erstreckten. Das letzte war vor ungefähr einem Jahre eingetragen. Bisweilen war dem Datum eine kurze Bemerkung zugefügt; selten mehr als ein Wort; das Wort »doppelt« kam sechsmal unter den Notizen vor; einmal, ziemlich zu Anfang der Liste, stand in größerer Schrift und mit mehreren Ausrufungszeichen: »vollständig mißlungen!!!« Ich muß gestehen, meine Neugierde war nicht wenig erregt. Ich hatte also ein Fläschchen mit einer roten Flüssigkeit, verschiedene kleine Pakete mit einem weißen Salz und ein Notizbuch mit einer langen Liste von Versuchen, die, wie dies bei Jekyll häufig der Fall gewesen, zu keinem praktischen Resultat geführt hatten. Was konnten diese scheinbar harmlosen Gegenstände mit der Ehre, mit dem Leben meines phantastischen Kollegen zu tun haben? Wenn sein Bote zu mir kommen konnte, warum konnte er nicht ebensogut irgendwo anders hingehen? Und warum kam er um Mitternacht und im geheimen? Je mehr ich über alles nachdachte, desto mehr kam ich zu der Ueberzeugung, daß ich es mit einem Geisteskranken zu tun hätte. Um elf Uhr schickte ich meine Diener zu Bett, lud einen Revolver, um auf alle Fälle vorbereitet zu sein und erwartete meinen Besuch.

Es hatte kaum Mitternacht geschlagen, als ich ein leises Klopfen an der Haustür vernahm. Ich öffnete und sah einen kleinen, breitschulterigen Mann, der sich gegen einen Pfeiler des Eingangs lehnte, als wollte er sich verbergen.

›Kommen Sie von Doktor Jekyll?‹ fragte ich. Er antwortete mit einer kurzen, nervösen Bewegung des Kopfes. Ich bat ihn, einzutreten. Er sah sich scheu in dem dunklen Square um. Man hörte in geringer Entfernung den festen, regelmäßigen Schritt eines Konstablers – es schien mir, als ob der Fremde sich ganz besonders beeilte, in das Haus zu schlüpfen.

Ich muß gestehen, er machte einen unangenehmen Eindruck auf mich, und während ich ihm in mein hell erleuchtetes Arbeitszimmer folgte, hielt ich den Griff meines Revolvers in meiner Hand. Hier erst konnte ich mir meinen Gast ansehen. Er war mir ganz fremd; ich war sicher, daß ich ihn nie vorher gesehen hatte. Er war klein gebaut, wie ich schon gesagt habe; was mir sofort auffiel, war der grauenerregende Ausdruck seines Gesichts, in dem sich außergewöhnlich nervöse Tätigkeit mit unverkennbarer körperlicher Schwäche und Abspannung ausdrückten; es war aber außerdem noch etwas Unnatürliches in seiner Erscheinung, das ich mir nicht erklären konnte, das mich aber mit Abscheu und Furcht erfüllte. Ich hielt dies Gefühl für ein rein persönliches Vorurteil, für einen vielleicht unbegründeten Widerwillen, mußte mir jedoch gestehen, daß ich eine derartige Abneigung noch nie in so hohem Grade empfunden hatte.

Der Mann war in einer Art angezogen, die bei jedem anderen einfach lächerlich erschienen wäre. Die Kleider waren ihm überall viel zu groß; die Hosen hingen ihm über die Füße, obgleich sie weit umgeschlagen waren, die Taille des Rockes saß tief unter den Hüften, der Kragen stand über die Ohren hinaus. Doch was uns bei anderen zum Lachen gereizt hätte, schien bei ihm nur das Unheimliche, Fürchterliche der ganzen Erscheinung zu erhöhen. Alles an ihm war überraschend, unbegreiflich und über alle Beschreibung widerwärtig. Meine Neugierde, etwas über den Mann zu erfahren, über sein Leben, seine

Beschäftigung, seine gesellschaftliche Stellung war auf das höchste gespannt. Er selbst schien von einem fieberhaften Feuer innerer Angst und Unruhe verzehrt zu werden.

›Haben Sie die Schublade? Haben Sie sie? Wo ist sie?‹

Er packte mich krampfhaft beim Arm und versuchte mich zu schütteln. Ich stieß ihn zurück, es war mir, als habe mich eine kalte Totenhand ergriffen.

›Ich bitte um Verzeihung, mein Herr,‹ sagte ich, ›Sie scheinen zu vergessen, daß ich noch nicht das Vergnügen habe, Sie zu kennen. Setzen Sie sich!‹

Ich setzte mich auf einen Stuhl. Trotz der späten Stunde, trotz meiner tiefen Erregung und trotz des Abscheus, den mir dieser Mensch einflößte, gab ich mir alle erdenkliche Mühe, ihn wie einen gewöhnlichen Patienten zu behandeln, der gekommen war, um mich zu konsultieren.

›Ich bitte um Verzeihung, Doktor Lanyon,‹ sagte er, ›Sie haben recht; ich hoffe, Sie halten meine Ungeduld nicht für unhöflich. Ich komme im Aufträge von Doktor Jekyll, und in einer Angelegenheit von großer Wichtigkeit; er gab mir zu verstehen, daß Sie ...‹, er hielt inne und faßte sich mit der Hand an die Gurgel, als ob er einen Nervenanfall unterdrücken wollte; ›er gab mir zu verstehen, daß Sie ..., daß eine Schublade ...‹

Der Mensch fing wirklich an, mir leid zu tun.

›Dort ist sie‹ sagte ich, indem ich auf einen Stuhl am anderen Ende des Zimmers deutete, auf welchem die Lade, die noch in das Leinentuch gewickelt war, stand.

Er sprang auf und stürzte sich wie ein wildes Tier auf dieselbe. Dann hielt er einen Augenblick inne und legte seine Hand aufs Herz; er knirschte mit den Zähnen, seine Züge gerieten in krampfhafte Zuckungen, und sein Gesicht wurde so grauenhaft bleich, daß ich fürchtete, er würde tot umfallen oder in Raserei ausbrechen.

›Beruhigen Sie sich,‹ sagte ich so freundlich wie möglich.

Er drehte sich um und sah mich mit einem furchtbaren Lächeln an; dann mit einem verzweifelten Entschluß riß er das Leinentuch von der Schublade. Beim Anblick des Inhalts derselben stieß er einen tiefen Seufzer der Erleichterung aus; ich saß wie versteinert da. Jetzt schien er auf einmal Herr seiner selbst geworden zu sein. ›Haben Sie ein gradiertes Glas?‹ fragte er mich mit ruhiger Stimme.

Ich stand auf und gab ihm, was er verlangte.

Er dankte mir mit einem höflichen Lächeln. Dann goß er eine kleine Quantität der blutroten Tinktur in das Glas und fügte eines der weißen Pulver hinzu. Die Mischung, die zuerst trübe wurde, fing nach und nach an zu gären, ein schwacher Dampf stieg aus dem Glase hervor, dann klärte sich die Flüssigkeit und nahm eine dunklere Färbung an; die Gärung hörte auf, und die tiefrote Farbe verwandelte sich langsam in ein mattes, wäßriges Grün. Mit atemloser Spannung hatte mein Gast diese Veränderungen beobachtet. Er war augenscheinlich zufrieden mit dem Resultat. Langsam, mit einem ruhigen Lächeln setzte er das Glas auf den Tisch. Dann drehte er sich um und sah mich lange prüfend an. –

›Jetzt, Doktor Lanyon,‹ sagte er endlich, ›müssen wir zu Ende kommen. Ich frage Sie, wollen Sie meinem Rate folgen und sich mit dem begnügen, was Sie jetzt gesehen haben? Wollen Sie mir gestatten, dieses Glas zu nehmen und mich aus Ihrem Hause zu entfernen, ohne eine Frage an mich zu richten? Ueberlegen Sie wohl, ehe Sie antworten, denn ich werde tun, was Sie verlangen. Wenn Sie mich ruhig gehen lassen, bleibt alles, wie es zuvor war, Sie sind weder weiser noch unwissender, weder reicher noch ärmer, als zuvor. Hat der Dämon der Neugierde Sie überwältigt, nun, wenn Sie wollen, wird sich vor Ihnen ein neues Feld des Wissens eröffnen, neue Bahnen, die zu Ruhm und Macht führen, und zwar in diesem Augenblick, hier in Ihrer Stube; Sie sollen ein Wunder sehen, das den Unglauben eines Satans überwältigen muß!‹

›Mein Herr,‹ sagte ich mit gezwungener Ruhe, ›Sie sprechen in Rätseln. Sie dürfen sich nicht wundern, daß ich Sie mit wenig Zutrauen anhöre. Aber ich bin zu weit gegangen, um jetzt still zu stehen, und bin entschlossen, das Ende zu erfahren!‹

›Nun denn, Lanyon,‹ schrie er in größter Erregung, ›erinnere dich deines Schwurs! Was jetzt geschieht, muß ein Geheimnis zwischen uns bleiben. Und du, der du seit Jahren von den engsten Vorurteilen, von erbärmlichster Blindheit in Fesseln geschlagen bist, der du die höchste, innerste Kraft der Wissenschaft verneinst, der du mit hochmütiger Beschränktheit die wahren Jünger verspottest – Siehe!!!‹

Er setzte das Glas an die Lippen und leerte es mit einem Zuge. Ein furchtbarer Schrei ertönte, er taumelte, er stürzte vorwärts und klammerte sich krampfhaft an den Tisch; er starrte mich an mit fürchterlichen Augen, er atmete schwer und kurz, mit weit geöffnetem Munde wie ein Erstickender. Und während ich ihn ansah, schien eine merkliche Umgestaltung mit ihm vorzugehen – er schwoll an, er wurde größer, die Züge seines Antlitzes verschwammen – ich sprang auf, fiel gegen die Wand zurück, und mit ausgestreckten Armen versuchte ich mich gegen dieses Ungeheuer zu wehren. – Meine Sinne umnachteten sich.

›O Gott!‹ schrie ich, ›o Gott, o Gott!‹ Denn vor meinen Augen, blaß und zitternd, halb ohnmächtig, mit ausgestreckten Händen, wie in der Dunkelheit herumtappend, wie ein aus dem Grabe Gestiegener – stand Henry Jekyll!

Was er mir in dieser Stunde mitteilte, das kann ich hier nicht niederschreiben. Ich sah, was ich sah; ich hörte, was ich hörte; und der bloße Gedanke daran macht mich schaudern. Und jetzt, wo dieser furchtbare Anblick meinen Augen entschwunden, frage ich mich selbst, ob es wahr ist – und ich kann die Frage nicht beantworten. Meine Gesundheit ist zerstört, meine Ruhe dahin, mein Leben untergraben; ein tödlicher Schrecken hält mich in Banden; ich fühle, daß meine Tage gezählt sind, daß ich sterben muß, und doch werde ich zweifelnd sterben. Die Niedertracht und Verderbtheit, die der Mensch in jener Nacht enthüllte, während er bittere Tränen der Reue weinte, erfüllen mich mit Entsetzen. Und nun noch ein Wort, Utterson. Der Mann, der sich in nächtlicher Stunde in mein Haus schlich, war, wie Jekyll selbst gestand, der Mörder von Sir Danvers Carew und bekannt unter dem Namen Edward Hyde.

Lanyon.«

*

X.

Ich bin im Jahre 18.. in London geboren. Mein Vater hinterließ mir ein bedeutendes Vermögen; auch die Natur hatte mich mit schönen Gaben bedacht. Ich war fleißig, wißbegierig und strebte danach, mir die Achtung und das Wohlwollen der Weisen und Guten unter meinen Mitmenschen zu erwerben. Unter solchen Umständen war ich berechtigt, einer ehrenvollen und glücklichen Laufbahn entgegenzusehen. Meine schlimmsten Fehler waren ein vielleicht zu lebhaftes, ungeduldiges Temperament und eine fast zügellose Vergnügungssucht. Viele Menschen sind unter ähnlichen Bedingungen glücklich gewesen, ich aber fand es schwer, meine heißblütigen Neigungen mit meinem Ehrgeiz, rein und geachtet vor der Welt dazustehen, in Einklang zu bringen. Ich fing an, meine Vergnügungen zu verheimlichen, und als ich das Mannesalter erreicht hatte und ernstlich über mich und meine gesellschaftliche Stellung nachzudenken begann, fand ich, daß ich unbewußt in einen Lebenswandel von Trug und Schein versunken war.

Mancher würde sich nicht entblödet haben, die Fehltritte, deren ich mich schuldig gemacht, der Welt zu zeigen, aber von dem hohen Standpunkte aus, den ich mir gesetzt, trachtete ich mit einem krankhaften Schamgefühl nur danach, dieselben zu verbergen. Bei meiner Eitelkeit schien es mir, daß es mehr mein hohes Streben war, welches mich zu dieser Verstellung trieb, als meine verderbten Neigungen – daß das Gute und Böse, wie es in der Doppelnatur eines jeden lebt, tiefer und schärfer in mir getrennt sei, als in anderen Menschen.

Ich dachte oft über die strengen Gesetze, die abtötenden Vorschriften nach, welche den Grundstein der christlichen Religion bilden, und denen zu gehorchen den Schwachen so schwer wird.

Trotz des zwiefachen Lebens, das ich führte, war ich doch kein Heuchler. Die beiden Naturen in mir waren eben vollständig voneinander geschieden und unabhängig. Wenn ich alle Schranken zerstörend, mich in die niedrigsten Ausschweifungen und Sünden stürzte, war ich ein ganz anderes Wesen, als der ernste, junge Arzt, dessen höchstes Streben es war, auf dem Pfade der Wissenschaft fortzuschreiten, den Kummer und die Leiden seiner Mitmenschen zu erleichtern.

Meine wissenschaftlichen Neigungen trieben mich zum Mystischen, zu allem, was über die menschliche Erkenntnis hinausgeht, und hier kam ich zum vollen Bewußtsein des unaufhörlichen Zwiespalts, der in mir war. Mit jedem Tage, sowohl vom Standpunkte der Moral als der Vernunft, näherte ich mich der unumstößlichen Wahrheit, die ich leider nur halb entdeckte, und die mich zugrunde gerichtet, daß der Mensch nicht aus einem, sondern in Wirklichkeit aus zwei Wesen besteht.

Ich sage absichtlich zwei, weil mein Wissen nicht weiter geht.

Andere werden mir folgen und auf der von mir betretenen Bahn weiter schreiten, und ich glaube, daß man schließlich zu der Erkenntnis gelangen wird, daß der Mensch aus verschiedenen, voneinander ganz unabhängigen Naturen besteht.

Ich erkannte in mir selbst die scharf begrenzte, ursprüngliche Zweiheit des Menschen, ich fühlte in mir den Kampf dieser beiden Naturen, die beide, auf immer getrennt, beide mein eigen waren.

Der Gedanke, diese beiden Elemente ganz voneinander zu trennen, bemächtigte sich meiner mit unwiderstehlicher Macht, es war ein herrlicher Traum, ein solches Wunder zu vollbringen. Ich sagte mir, daß, wenn es nur möglich sei, jedes in eine besondere Individualität zu zwängen, alles, was das Leben unerträglich macht, aus dem Wege geräumt sei. Das Böse in uns würde dann frei von Gewissensbissen, frei von den bitteren Vorwürfen des Edlen und Guten sein; der Gerechte würde ruhig und ungehindert auf dem Pfade der Tugend wandeln, ohne der Gefahr der Schande, ohne den Schmerzen der Reue ausgesetzt zu sein, die ihm der Zwillingsbruder bereitet. Es schien mir der Fluch des Menschen, daß diese Widersprüche im schmerzenden Grunde seines Gewissens in unaufhörlichem Kampfe streiten.

Aber wie konnte man sie trennen?

Ich war so weit in meinen Forschungen gekommen, als mir ein Licht aus dem unermeßlichen Felde der Wissenschaft zu leuchten schien. Jetzt mehr wie je kam ich zur Erkenntnis der schwankenden Stofflosigkeit, der nebelhaften Vergänglichkeit unseres scheinbar festen Körpers. Ich machte die Entdeckung, daß es Mittel gibt, diese irdische Hülle zu zersetzen und wieder zusammenzufügen. Es gelang mir, ein Elixier herzustellen, das die beiden Naturen in mir trennte und eine zweite Gestalt erschuf, die in sich die niedrigen Elemente meiner Seele aufnahm.

Ich schwankte lange, ehe ich es wagte, meine Theorie in die Praxis zu übertragen. Ich wußte, daß ich in Todesgefahr schwebte, denn ich sagte mir, daß ein Medikament, das mächtig genug war, das Gehäuse meiner Seele zu erschüttern und zu verwandeln, im Falle der geringsten Unvorsichtigkeit oder eines ungünstigen Moments das ganze Gebäude zertrümmern konnte. Aber die Versuchung, eine so wunderbare Entdeckung wirklich zur Geltung zu bringen, überwand endlich alle Furcht.

Die zu dem Versuche notwendige Flüssigkeit hatte ich schon längst bereitet; ich verschaffte mir von einer Chemikalienfabrik ein gewisses Kristallsalz, welches nach meiner Ueberzeugung, die letzte notwendige Ingredienz war. An einem Abend, den ich jetzt verfluche, machte ich die Mischung fertig: ich sah, wie es gärte und kochte, und wie der Dampf aus dem Glase emporstieg, und als das Aufwallen vorüber war, nahm ich das Glas zur Hand, und mit erhöhtem Mut leerte ich es bis auf den Boden.

Unbeschreibliche Schmerzen zerrissen mir die Glieder, es war, als wenn meine Knochen von Mühlsteinen zermalmt würden, mir wurde übel, ich fühlte mich einer Ohnmacht nahe, und ein Schrecken bemächtigte sich meiner, wie man ihn nur in der Todesstunde empfinden kann.

Nach und nach aber wichen aller Schmerz, jede beängstigende Empfindung von mir; es kam mir vor, als wenn ich von einer schweren Krankheit genesen; ein seltsames, unbeschreiblich neues und befriedigendes Gefühl bemächtigte sich meiner. Ich fühlte mich körperlich jünger, leichter, glücklicher, in mir gärte ein entzückender Leichtsinn; süße, verschwimmende, sinnliche Gebilde ohne Ende entfalteten sich vor mir wie ein wunderbares Panorama, die Fesseln gesellschaftlicher Verpflichtungen waren zersprengt, ich genoß eine ungeahnte Freiheit der Seele.

Zu gleicher Zeit fühlte ich, daß ich schlechter war, als je zuvor, ich frönte nur noch meinen bösen Leidenschaften, ich kannte keinen anderen Herrn mehr, und der bloße Gedanke erfrischte und erfreute mich wie ein Trunk feurigen Weines. Im Jubel dieser neuen Empfindungen streckte ich meine Arme aus; zum ersten Male bemerkte ich jetzt, daß meine ganze Gestalt bedeutend kleiner geworden war.

Ich hatte damals keinen Spiegel in meinem Zimmer. Die Nacht war beinahe verstrichen, der Morgen nahte; meine Dienerschaft lag in tiefem Schlafe. Im Uebermut meines Triumphes entschloß ich mich, in das Vorderhaus, in meine Schlafstube, zu gehen. Ich durchschritt den Hof, wo die Sterne, wie ich mir dachte, mit Staunen und Verwunderung auf mich herniedersahen, das erste Geschöpf dieser Art, das sie je erblickt! Ich schlich die Treppe hinauf, durch die Gänge und trat in meine Schlafstube. Dort, im Spiegel, sah ich zum ersten Male die Gestalt von Edward Hyde.

Ich gebe hier nur einer Theorie Ausdruck, ich sage nicht, was ich weiß, nur was ich für wahrscheinlich halte. Die böse Seite meiner Natur, die ich jetzt verkörpert hatte, war weniger kräftig, weniger entwickelt, als die gute, die ich zeitweilig abgeworfen. Der größte Teil meines Lebens war bis dahin dem Kampfe für das Gute und Edle, der Selbstbeherrschung geweiht, die böse Natur war weniger in Tätigkeit getreten und folglich weniger erschöpft. Daher kam es denn, – so vermute ich – daß Edward Hyde viel kleiner und dünner, aber auch viel jünger war, als Henry Jekyll.

Güte und Ruhe drückten sich auf dem Gesicht des einen aus, Bosheit und Tücke waren frech und trotzend auf die Stirn des anderen geschrieben. Das Böse – das Erbteil Adams – hatte auf diesen Körper den Stempel des Mißgestalteten, der Verwesung gedrückt.

Und doch, als ich auf die häßliche Mißgeburt blickte, die mir aus dem Spiegel entgegengrinste, fühlte ich weder Abscheu noch Furcht; im Gegenteil, ich begrüßte sie wie einen Freund. Sie war ja auch ein Teil von mir selbst; sie erschien mir natürlich und menschlich, sie gewährte einen wahreren, bestimmteren Ausdruck des Geistes, der sie beseelte, als das unvollkommene Gesicht, in welchem sich die geteilten Naturen aussprachen.

Ich hatte recht; denn ich bemerkte, daß jedermann, der sich Edward Hyde näherte, von einem Gefühl des Schauderns und des Abscheus erfaßt wurde. Alle anderen, denen man im Leben begegnet, tragen in sich die doppelte Natur des Guten und des Schlechten; Edward Hyde allein in der ganzen Welt war die Verkörperung des positiv Bösen.

Ich verweilte einige Minuten vor dem Spiegel. Der zweite und wichtigere Versuch mußte noch gemacht werden. Es mußte sich herausstellen, ob ich meine Identität auf immer verloren hatte, ob ich aus dem Hause fliehen sollte, das mir nicht länger gehören konnte. Ich eilte zurück in meine Arbeitsstube. Ich bereitete den Trank, ich leerte das Glas, ich fühlte wieder die Schmerzen der Auflösung, ich kam zu mir in der Gestalt und mit dem Gesicht von Henry Jekyll.

In dieser Nacht hatte ich den verhängnisvollen Schritt getan, ich war am Kreuzwege angelangt und hatte den falschen Weg eingeschlagen. Hätte ich meine Entdeckung zu höheren Zwecken verwandt, hätte die Verwandlung unter dem Einfluß edler humaner Bestrebungen stattgefunden, so wäre ich wie ein Phönix hervorgestiegen; aus den Qualen der Auflösung und der Wiedergeburt wäre ich als ein Engel, anstatt eines Teufels hervorgegangen. Das Elixier hatte eine rein physische Wirkung; es öffnete das Tor meiner irdischen Klause. Als die Metamorphose zum ersten Male stattfand, schlummerte das Gute in mir; das Böse war wach, auf der Lauer, gierig die erste Gelegenheit zu ergreifen, und so kam es, daß das neugeborene Geschöpf Edward Hyde wurde.

Ich hatte also zwei Naturen und auch zwei Gestalten, die eine war die Verkörperung ungemischten Nebels, die andere war der alte Henry Jekyll, jenes seltsame Problem, an dessen Lösung ich längst verzweifelt war. Und so kam es denn, daß sich alles zum Bösen wandte.

Die Entdeckung des großen Geheimnisses verhinderte mich zwar nicht, meine Studien fortzusetzen, meine Patienten zu empfangen, aber der Dämon des Schlechten wurde mit jedem Tage stärker in mir. Jetzt, da es in meiner Macht war, die Gestalt des bekannten, ernsten, arbeitsamen Arztes und Professors in jedem Augenblicke abzuwerfen und in der des unbekannten Hyde hervorzutreten, setzte ich meinen sinnlichen Gelüsten keine Schranken mehr. Ich fand ein teuflisches Vergnügen in dieser Umwandlung, es war für mich etwas außerordentlich Humoristisches in diesem Doppelleben. Ich machte meine Vorbereitungen mit größter Sorgfalt. Ich nahm die Wohnung in Soho, möblierte sie nach meinem Geschmacke und mietete mir eine Haushälterin, ein gewissenloses niedriges Weib, das aber die Tugend der Verschwiegenheit besaß.

In meinem eigenen Hause gab ich der Dienerschaft Befehl, einem gewissen Herrn Hyde, den ich ihnen genau beschrieb, unumschränkte Freiheit zu gestatten, und um allem vorzubeugen, unternahm ich es, mich mehrere Male dort als Herr Hyde zu zeigen.

Es war auch zu dieser Zeit, daß ich das Testament aufsetzte, das dir soviel Sorge machte. Sollte Doktor Jekyll ganz verschwinden, so trat Herr Hyde die Erbschaft an. Und nun nach allen Seiten hin sicher gestellt, fing ich an, meine unbegrenzte Freiheit in vollstem Maße zu genießen.

Es gibt Menschen, die sich Banditen mieten, um Verbrechen zu begehen, und die somit jeder Gefahr entrinnen und ihren eigenen Ruf schützen. Ich war der erste, der aus reiner Lust am Bösen gesündigt hat.

Vor der Welt blieb ich der hochgeachtete, berühmte Arzt und öffentliche Wohltäter – zu jeder Zeit aber stand es mir frei, meine Rolle zu wechseln und mich gedankenlos in den Strudel der niederträchtigsten Leidenschaften zu stürzen. An Entdeckung war gar nicht zu denken, die Möglichkeit existierte nicht. Wenn ich nur wenige Augenblicke hatte, durch die Hintertür zu schlüpfen, das Elixier, das fertig auf dem Tische stand, zu trinken – und Edward Hyde war verschwunden, wie ein Hauch vom Spiegel. An seiner Stelle fand man den ernsten, ruhigen Gelehrten, in seine Arbeiten vertieft, einen Mann, der über allen Verdacht erhaben war, den berühmten Doktor Henry Jekyll.

Die Ausschweifungen, denen ich mich früher als Jekyll hingab, waren niedriger Art; in Hyde wurden sie furchtbar, unbeschreiblich. Mitunter, wenn ich von meinen wüsten nächtlichen Vergnügungen zurückkam, staunte ich selbst über die Ungeheuerlichkeit meiner Laster. Der böse Geist, den ich aus meiner Seele heraufbeschworen und ungezügelt in die Welt geschickt, war die Verkörperung der Bosheit, der Niedertracht, ohne auch nur einen versöhnenden Zug; jeder Gedanke, jede Handlung war der niedrigsten Sinnlichkeit geweiht, mit tierischer Gier leerte er den Becher der Wollust bis auf den Boden; kalt und unbeugsam wie ein Stein.

Mitunter war Jekyll wohl von Grauen über die Niedertracht Hydes befallen, aber er beruhigte sich mit allerlei Spitzfindigkeiten. Es war Hyde, und Hyde allein, der schuldig war. Jekyll blieb derselbe, wie zuvor; seine guten Eigenschaften waren unvermindert; ja, er tat nach seinen Kräften alles, um das Böse, das Hyde getan, wieder gutzumachen – und so schlummerte sein Gewissen wieder ein.

Ich kann mich nicht dazu bringen, Einzelheiten über das Schändliche von Hydes Lebenswandel niederzuschreiben. Ich will nur einiges erwähnen, um dir begreiflich zu machen, wie die Strafe langsam, aber sicher nahte.

Ein Vorfall ereignete sich, den ich nur kurz berühren will, da er weiter keine ernsten Folgen hatte. Meine unmenschliche Grausamkeit gegen ein hilfloses Kind erregte eines Nachts den Zorn und die Entrüstung eines Vorübergehenden; den ich neulich Sonntags als deinen Vetter, Herrn Enfield, wiedererkannte. Er, der hinzugerufene Arzt und die Familie des Kindes waren furchtbar gegen mich aufgebracht, mir war bange um mein Leben. Endlich gelang es mir, sie zu beruhigen.

Edward Hyde brachte sie an die Hintertür, verschwand auf wenige Minuten und kam zurück mit einem Scheck von Henry Jekyll. Ich konnte leicht alle Nachforschungen in Zukunft vermeiden, indem ich mich als Edward Hyde mit einer anderen Bank in Verbindung setzte. Es wurde mir nicht schwer, meine Handschrift zu verändern, und so glaubte ich mich, auf einige Zeit hin, aller Gefahr entzogen.

Ungefähr zwei Monate vor dem Morde von Sir Danvers Carew kam ich nach einer wüst durchbrachten Nacht nach Hause. Ich legte mich sofort zu Bett, ohne Licht anzuzünden, und wachte spät am anderen Morgen mit einem eigentümlichen Gefühl auf: Ich sah umher. Ja, ich war in meiner eigenen Schlafstube, ich sah meine schönen Möbel, ich erkannte das Muster der Bettvorhänge und der Gardinen. Doch sagte mir etwas, daß ich nicht in meinem Hause, sondern in der Wohnung in Soho sei, wo ich als Edward Hyde zu schlafen pflegte. Ich war ja meiner Sache so sicher, daß ich lächelnd über die psychologischen Ursachen dieser Illusion nachdachte und darüber wieder ruhig einschlief.

Als ich wieder aufwachte, sah ich meine Hand an, die auf der Bettdecke lag. Du kennst die Hand von Doktor Jekyll – sogar du hast mir oft Schmeicheleien darüber gesagt, sie war groß und kräftig, aber schön geformt und sorgfältig gepflegt. Aber die Hand, die jetzt in dem gelblichen Lichte eines Londoner Herbstmorgens vor mir auf der Decke lag, war mager, knochig, von schmutzig brauner Farbe, und dicht mit schwarzen Haaren bedeckt – es war die Hand von Edward Hyde.

Während einiger Augenblicke starrte ich dieselbe in stummer Verwunderung an, dann bemächtigte sich meiner Seele ein Schrecken, so plötzlich, so namenlos, wie ihn nur eine ungeahnte Todesgefahr verursachen kann. Mit einem Sprung war ich aus dem Bett und stürzte vor den Spiegel. Die Gestalt, die mir dort entgegenblickte, machte mein Blut erstarren: Als Henry Jekyll war ich zu Bett gegangen, – als Edward Hyde wachte ich wieder auf.

Wie konnte ich mir dies erklären?

Es war schon spät, meine Dienerschaft war längst aufgestanden und im Hause beschäftigt, alle meine Medikamente waren in meiner Arbeitsstube im Hinterhaus – ein langer Weg, erst zwei Treppen hinunter, durch den Zwischengang, dann über den offenen Hof, durch das Sezierzimmer, die Treppe hinauf in meine Arbeitsstube. Wie sollte ich dahin gelangen?

Ich hätte mir wohl das Gesicht verdecken können, aber wie konnte ich die verunstaltete Figur von Edward Hyde verbergen?

Ach! Gott sei Dank! Ein wunderbares Gefühl der Erleichterung kam über mich. Wie konnte ich nur nicht daran gedacht haben? Meine Diener waren ja mit Edward Hyde bekannt. Sie hatten ihn ja schon mehrere Male gesehen!

Ich zog mich, so gut es ging, mit meinen eigenen Kleidern an – Doktor Jekylls – und stieg getrost die Treppen hinab. Auf dem Hofe stand Bradshaw, mein zweiter Diener, er wich vor Hyde zurück wie vor einer Schlange. Zehn Minuten später saß Doktor Jekyll in seinem Eßzimmer, mit schwerem Herzen und finsterer Stirn, und versuchte, sein Frühstück zu essen.

Dieses bis jetzt unerklärliche Ereignis, das alle meine Erfahrungen über den Haufen stieß, schien wie die feurige Schrift an den Wänden von Belsazars Palast mein zukünftiges Schicksal anzudeuten. Ernster und sorgenvoller als je begann ich an das Ende zu denken.

In dem von mir erschaffenen Wesen, in Edward Hyde, schien seit kurzem eine eigentümliche Veränderung vorzugehen. – Er schien größer und kräftiger von Gestalt zu werden, und mich dünkte, wenn ich Hyde war, als ob ein wärmeres, gesundes Blut durch meine Adern rollte; ich begann die Gefahr vorauszusehen, daß schließlich das Gleichgewicht meiner Natur verschwinden würde, die Macht, mich nach Belieben umzugestalten, mir verloren gehen könnte, und daß ich für immer Edward Hyde bleiben müßte.

Die Wirksamkeit des Pulvers war nicht immer gleichmäßig. Einmal, ganz zu Anfang meines Doppellebens, war ein Versuch vollständig mißglückt. – Ich war häufig gezwungen, die Dosis zu verdoppeln, ja, mit Lebensgefahr, sie zu verdreifachen, diese Ungewißheit war das, was mich am meisten beunruhigte.

Das Ereignis dieses Morgens brachte mich zum Bewußtsein von dem, was ich seit einiger Zeit dunkel empfunden hatte, daß, während zu Anfang die Hauptschwierigkeit darin lag, Jekyll in Hyde umzuwandeln, seit kurzem gerade das Gegenteil der Fall war. Alles, alles zeigte deutlich auf eins: daß ich mein eigenes, ursprüngliches, besseres Selbst mehr und mehr verlor, und daß ich mehr und mehr mit dem zweiten, bösen Teil meiner Doppelnatur identisch wurde.

Ich mußte also wählen, wer ich sein wollte, Jekyll oder Hyde? Meine beiden Naturen hatten eine Eigenschaft gemein: das Gedächtnis; alle anderen waren in seltsamer und ungleicher Weise zwischen ihnen verteilt.

Jekyll – ich meine den, der beide Naturen in sich vereinte – teilte Hydes niedrige Vergnügungen und Abenteuer, manchmal mit Furcht und Schmerz, manchmal mit gieriger Lust; Hyde kümmerte sich nicht um Jekyll, er dachte an ihn, wie ein Bandit an die Höhle denkt, die ihn vor Verfolgung schützt; Jekyll hatte eine Art väterliches Interesse, Hyde die Gleichgültigkeit eines ungeratenen Sohnes. Hätte ich Jekyll gewählt, so wäre ich mit jenen Gelüsten gestorben, denen ich früher nur von Zeit zu Zeit, und stets mit Furcht nachgegangen, und die völlig zu befriedigen, ich jetzt gewohnt war. Wäre ich Hyde geworden, so wären alles Interesse am Schönen und Guten, meine hohen Bestrebungen, meine hervorragende gesellschaftliche und wissenschaftliche Stellung, die Liebe und Achtung meiner Freunde – alles mit einem Male vernichtet – ich wäre allein und freundlos gewesen.

Man sollte glauben, die Wahl wäre nicht schwer, aber ein Umstand fiel noch dabei ins Gewicht.

Während Jekyll den Verlust der unbeschränkten Freiheit herbe empfinden würde, hatte Hyde keine Idee von dem, was er verloren, oder er machte sich nichts aus dem Verlust. Seltsam, wie meine Lage erscheinen muß, der Kampf, der in mir vorging, ist so alt, wie das menschliche Geschlecht. Dieselben Verlockungen, dieselbe Furcht entscheiden das Los jedes zitternden Sünders. Ich tat, was die große Majorität meiner Mitmenschen tut, ich wählte das Bessere – und wie diese hatte ich nicht die Kraft, dabei zu bleiben.

Ja, ich entschloß mich; ich wurde wieder der ältliche, zufriedene Arzt, von Freunden umgeben, geliebt und geachtet; ich sagte der Freiheit, der Jugend, dem leichten Sinn, dem wallenden Blut, allem, was ich als Hyde genossen, auf immer – so glaubte ich wenigstens – Lebewohl. Und doch, vielleicht ohne es zu wissen, hielt ich mir den Rückzug offen. Ich gab weder meine Wohnung in Soho auf, noch schaffte ich Hydes Kleider aus dem Hause. Zwei Monate blieb ich meinem Entschluß treu; zwei Monate lang führte ich ein so ruhiges, ehrbares Leben, wie nie zuvor, und empfing dafür eine schöne Belohnung in der wohltätigen Ruhe meines Gewissens.

Mit der Zeit aber verwischte sich der Eindruck meiner Befürchtungen: der Beifall meines Gewissens wurde mir langweilig, Lust und Begierde brannten in mir und lechzten nach Befriedigung, Hyde kämpfte wie ein Verzweifelter um Freiheit, und in einer schwachen Stunde öffnete ich die Tür des Zwingers – ich mischte den Trank und leerte das Glas bis auf den Grund.

Wenn ein Säufer sich über sein viehisches Laster Vorwürfe macht, so kommt es höchst selten vor, daß er auch an die Gefahren denkt, denen er sich möglicherweise in seinem brutalen Unbewußtsein aussetzt. Dies war auch bei mir der Fall; ich machte mir klar, in welche fürchterliche Lage die Verbrechen Edward Hydes, die Verkörperung des Bösen, mich bringen konnten.

Endlich folgte die Strafe.

Der Dämon in mir war lange gefangen gewesen, jetzt brach er aus wie ein wütender Löwe. Schon während ich das Elixier trank, fühlte ich den Teufel in mir stärker, wütender als je. Deshalb diese rasende Ungeduld, mit der ich den höflichen Redensarten des ehrwürdigen Sir Danvers Carew zuhörte; kein Mensch, der Herr seiner Sinne ist, konnte sich eines so scheußlichen Verbrechens schuldig gemacht haben; daß ich ihn niederschlug, kann mir ebensowenig angerechnet werden, wie einem ungezogenen Kinde, daß es sein Spielzeug zerbricht. Die Hölle tobte in mir. Mit teuflischer Freude zerschlug und zermalmte ich den Körper des hilflosen Greises; er hatte schon den Geist aufgegeben, ich aber hörte nicht auf, ihn mit meinem schweren Knüppel zu bearbeiten, bis ich körperlich ermüdet, bis der Stock in meiner Hand in Stücke gebrochen.

Da, mit einem Male, wurde mir das Entsetzliche meiner Lage klar. Ich fühlte keine Reue, im Gegenteil, ich freute mich noch der Tat, die ich begangen, aber die Folgen des Verbrechens, die Gefahr, der ich mich preisgegeben, standen wie drohende Gespenster vor meiner Seele.

Ich hatte nur einen Gedanken – mich zu retten.

Ich lief nach meiner Wohnung in Soho, ich verbrannte alle Briefe und Papiere, die mich hätten kompromittieren können: dann ging ich nach Hause, leichten Herzens und schwelgend in dem Gedanken an die Schaudertat, die ich verübt; ich machte mir schon Pläne für zukünftige ähnliche Abenteuer. Ich lachte und sang, als ich den Trank bereitete, und leerte das Glas auf den Ermordeten. Und noch ehe die Schmerzen der Umwandlung gewichen waren, fiel Henry Jekyll unter strömenden Tränen auf die Knie und flehte zum Allmächtigen um Verzeihung.

Wie ein Schleier fiel es mir von den Augen, noch nie hatte ich über die gefährliche, sündhafte Bahn, die ich betreten, so durch und durch zerknirscht nachgedacht. Mein ganzes Leben entfaltete sich vor meiner Seele; von den Tagen meiner Kindheit, wo ich Hand in Hand mit meinem Vater durch die Wiesen und Felder ging; durch die Schul- und Universitätsjahre, wo ich voll Fleiß und Ehrgeiz nach dem Höchsten strebte, durch meine glänzende Karriere, bis zu dem scheußlichen Verbrechen jener Nacht.

Ich hätte laut aufschreien mögen; mit Tränen und Gebet suchte ich die gräßlichen Gebilde meiner Phantasie zu verscheuchen, die fürchterlichen Laute, die ich um mich her vernahm, zu ersticken, doch inmitten meiner heißen, inbrünstigen Gebete grinste mich Hydes Antlitz mit teuflischem Lächeln an. –

Nach und nach bemächtigte sich meiner ein weicheres, ruhigeres Gefühl; ich fühlte eine gewisse Freude und Sicherheit. Hyde mußte aufhören zu existieren, er mußte auf immer verschwinden; die gute Seite meiner Natur allein durfte leben.

Mit welcher Freude, mit welcher Seligkeit, mit welcher Demut hieß ich diese Rückkehr in mein eigenes, besseres Selbst willkommen. Ich schloß die verhängnisvolle Hintertür ab und zerbrach den Schlüssel.

Am folgenden Morgen wurde der Mord des alten Baronet durch alle Straßen und Gassen gerufen. Das Mädchen hatte von ihrem Fenster den Mörder erkannt, Edward Hyde; es bedurfte keines anderen Beweises. Meine guten Vorsätze wurden durch den Schrecken vor dem Galgen noch verstärkt. Jekyll war jetzt meine Zufluchtsstätte; hätte sich Hyde gezeigt, würde sich die ganze Stadt gegen ihn erhoben haben.

Jetzt war es meine höchste Aufgabe, das Vergangene wieder gut zu machen, und ich setzte mich ernsthaft und ehrlich ans Werk.

Du weißt, wie ich die letzten Monate des vergangenen Jahres gelebt. Du weißt, wie ich mich bestrebte, Gutes zu tun, den Armen und Leidenden zu Hilfe zu eilen; du weißt, wie ruhig die Tage vorbeigingen, du weißt, daß ich fast glücklich zu nennen war. Und ich kann aufrichtig gestehen, daß ich dieses harmlosen, unschuldigen Lebens nicht überdrüssig wurde, daß ich es täglich mehr und mehr genoß.

Doch der Fluch der Doppelnatur haftete immer noch schwer auf mir; sobald die Qualen meines Gewissens sich verminderten, regte sich der Dämon wieder in mir.

Die Absicht, Hyde wieder ins Leben zu rufen, war kaum denkbar; die Furcht hinderte mich daran. Nein, in meiner eigenen ursprünglichen Gestalt wurde ich wieder in Versuchung geführt und betrat wieder die elende, schmachvolle Bahn eines heimlichen Sünders.

Doch das Ende mußte kommen, das Maß war beinahe voll, und ein Ereignis, von dem ich jetzt sprechen werde, zerstörte auf immer das Gleichgewicht meiner Seele.

Es war an einem schönen, milden Tage Ende Januar. Ich saß auf einer Bank in Regents Park und sonnte mich. Die Sperlinge zwitscherten lustig in den dürren Zweigen, als ob sie den kommenden Frühling ahnten. Ich war, wie fast immer, tief in Gedanken über mich selbst versunken. Der Dämon regte sich wieder in mir und begann zu stürmen, er wollte wieder hinaus aus der engen Klause. Mein besseres Selbst schien wieder einzuschlafen; ich versprach mir, mich zu bessern, aber nur nicht gleich, nur nicht heute!

Ich tröstete mich mit dem Gedanken, daß ich doch nicht schlechter sei als andere; ich wünschte mir Glück zu meinen guten Vorsätzen, meinem tätigen Leben und lächelte bemitleidend über die träge Gleichgültigkeit meiner Mitmenschen.

Gerade in diesem Augenblicke unberechtigter Selbstüberhebung überkam mich ein ganz eigentümliches Gefühl, ich empfand eine beengende Uebelkeit, meine Glieder bebten, ich glaubte ohnmächtig zu werden. Nach wenigen Minuten verschwand diese Empfindung, aber in meiner Seele, in meinen Gedanken war eine seltsame Umwandlung vorgegangen; ich fühlte mich kühner, herausfordernd: ich trotzte aller Gefahr, die Hyde bedrohte.

Ich sah mich an – meine Kleider hingen schlotternd an mir, wie an einer Vogelscheuche, auf meinem Knie lag eine verknöcherte, haarige Hand – ich war Edward Hyde geworden!

Noch vor einem Augenblick fühlte ich mich sicher vor aller Welt, reich, geachtet, geliebt – jetzt war ich ein Flüchtling vor dem Gesetze, vogelfrei, heimatlos, freudlos, ein Mörder, eine Beute der ganzen Stadt! –

Meine Sinne verwirrten sich, aber nur auf wenige Augenblicke. Ich hatte schon früher mehrere Male bemerkt, daß in meinem zweiten

Charakter, als Edward Hyde, meine geistigen Fähigkeiten stärker, mein Temperament schwungvoller, mein moralischer Mut höher gespannt war – wo Jekyll unterlegen wäre, entsprach Hyde allen Anforderungen des Augenblicks.

So war es auch jetzt – aber was sollte ich anfangen?

Meine Medikamente waren in einem Schranke meiner Arbeitsstube; wie konnte ich sie bekommen? Die Aufgabe mußte gelöst werden. Die Hintertür war abgeschlossen; den Schlüssel hatte ich zerbrochen; hätte ich gewagt, durch die Vordertür zu gehen, so würden meine Diener selbst mich der Polizei überliefert haben.

Da dachte ich an Lanyon.

Aber wie konnte ich zu ihm gelangen – wie ihn überreden? Angenommen, daß ich der Verhaftung in der Straße entging, wie konnte ich in sein Haus, in seine Stube dringen, wie konnte ich, ein Unbekannter, mit meiner Schrecken einflößenden Erscheinung den berühmten Arzt bewegen, die Arbeitsstube seines Kollegen zu durchstöbern und dort verschiedene Gegenstände wegzunehmen?

Da fiel mir ein, daß mir eine Eigenschaft meines richtigen Wesens geblieben – ich konnte meine eigene Handschrift schreiben. Dieser eine Funke entflammte sich zum Lichte, das mir den Weg aus der Finsternis deutete.

Ich richtete meine Kleider her, so gut ich konnte, rief eine Droschke und fuhr nach einem Hotel in Portland Street. Ich muß sehr komisch in den übergroßen Kleidern ausgesehen haben – niemand hatte eine Ahnung, was für einen Unglücklichen sie bedeckten. Der Kutscher konnte das Lachen über meine Erscheinung nicht unterdrücken. Ich sah ihn an mit einem Blick teuflischer Wut und knirschte mit den Zähnen – das Lächeln verschwand. Es war ein Glück für ihn und auch für mich, denn im nächsten Augenblicke hätte ich ihn vom Bocke heruntergezerrt und mit den Füßen zermalmt.

Im Hotel wurde ich auch nicht mit sehr freundlichen Gesichtern empfangen, aber ein Blick von mir genügte, um alle stumm und höflich zu machen. Ich ließ mir ein Zimmer und Schreibmaterial geben. Hyde in Lebensgefahr war ein bisher unbekanntes Wesen für mich. Furcht und Wut und Mordlust kämpften in seiner Brust. Ich sage ›in seiner Brust‹, ich kann nicht sagen in meiner, denn diese Ausgeburt der Hölle war nichts Menschliches: nichts lebte in ihm, als Furcht und Haß. Doch bemeisterte er seine Raserei und schrieb die beiden Briefe an Lanyon und Poole, und um ganz sicher zu sein, daß sie pünktlich aufgegeben würden, ließ er sie einschreiben.

Dort in dem einsamen Zimmer saß er den ganzen Tag, über sein Unglück brütend. Der Kellner, der ihm das Essen brachte, blickte ihn mit Furcht und Verwunderung an und machte sich so schnell wie möglich aus der Stube.

Als es Abend wurde, verließ er das Hotel, nahm eine Droschke und fuhr in der Stadt umher. Als es ihm deuchte, daß der Kutscher argwöhnisch wurde, stieg er aus und wunderte durch die dunkelsten, einsamsten Straßen der großen Stadt. Die wenigen, die ihm begegneten, blickten sich erstaunt nach ihm um. Ein wahrer Sturm von Leidenschaften tobte in seinem Innern – es dürstete ihn, Blut zu vergießen, und zu gleicher Zeit erstarrte bebende Furcht das Mark seiner Gebeine. Eine arme, kranke Frau kam auf ihn zu und bot ihm Streichhölzer zum Kauf an. Er schlug sie ins Gesicht – sie lief weinend davon. Endlich war es Mitternacht geworden, endlich stand er vor Lanyons Tür.

Als ich in Lanyons Stube zu mir kam, war ich tief von dem Schrecken ergriffen, den ich meinem alten Freunde eingeflößt. Aber was machte es aus? Es war ja nur ein Tropfen in dem Ozean von Furcht, Schrecken und Gewissensbissen, der mich umwogte. Eine neue Wandlung war in mir vorgegangen. Es war nicht die feige Angst vor dem Galgen, die meine Seele quälte, es war das Entsetzen vor dem Gedanken, daß ich auf immer Hyde werden würde. Lanyons bittere Vorwürfe empfing ich wie im Traum – wie im Traum erreichte ich meine Wohnung und ging zu Bett. Ich verfiel in einen bleiernen Schlaf, aus dem mich selbst die schrecklichsten Träume nicht zu erwecken vermochten. Ich erwachte schwach und zitternd. Ich hatte eine tödliche Angst vor dem Scheusal, das in mir schlief; die Gefahren des gestrigen Tages traten mir erst jetzt deutlich vor die Seele. Gott sei Dank, ich war wieder zu Hause, hier in meiner Stube mit meinen Medikamenten zur Hand. Ein tiefes Gefühl der Dankbarkeit, ja, ein schwacher Hoffnungsschimmer erfüllten mein gequältes Herz.

Ich ging nach dem Frühstück ruhig über den Hof, als jenes schreckliche Gefühl, das der Umwandlung vorausging, sich meiner bemächtigte. Ich hatte kaum Zeit, meine Arbeitsstube im Hinterhause zu erreichen, und in wenigen Minuten rasten wieder die Wut und Mordlust Hydes in mir. Ich nahm eine doppelte Dosis, mich zu mir selbst zu bringen, aber nur sechs Stunden darauf hatte ich wieder das namenlose Gefühl des bevorstehenden Wechsels, und ich mußte die Dosis wiederholen. Seit jenem Tage war es durch größte Aufmerksamkeit und durch fortwährenden Gebrauch des Elixiers möglich, daß ich in der Gestalt von Jekyll erscheinen konnte. Zu jeder Stunde mußte ich des warnenden Zitterns gewärtig sein. Besonders wenn ich schlief; ich brauchte die Augen nur auf einige Minuten zu schließen, wenn ich im Lehnstuhl am Feuer saß – und ich erwachte als Hyde.

Unter dieser fortwährenden Aufregung und Spannung zur Schlaflosigkeit verdammt, wurde ich von Tag zu Tag körperlich und geistig schwächer, es war das Gefühl, das mir das Innerste verzehrte – der Schrecken vor meinem anderen Selbst. Aber im Schlafe, oder wenn die Wirkung des Elixiers aufgehört, da fühlte ich, fast ohne die Schmerzen der Umwandlung, die von Tag zu Tag geringer wurden, eine jubelnde Lust nach dem Bösen, meine Phantasie erschuf wüste Gebilde von Ausschweifungen unmenschlicher Art, meine Seele kochte von Haß und Mordgier, mein Körper schien nicht stark genug, die wütende Energie Hydes zu enthalten.

Die Kraft Hydes wuchs in demselben Maße wie die Schwäche Jekylls, ein unnennbarer Haß trennte den einen vom andern.

Bei Jekyll war es der Instinkt der Selbsterhaltung. Es wurde ihm jetzt ganz klar, was für ein Ungeheuer er sich geschaffen. Dieser Auswurf der Hölle teilte mit ihm sein Bewußtsein, er konnte nur mit ihm sterben.

Hydes Haß gegen Jekyll war anderen Ursprungs. Die Furcht vor dem Galgen zwang ihn, fortwährend eine Art Selbstmord zu begehen, die untergeordnete Natur Jekylls anzunehmen. Diese Notwendigkeit war ihm verhaßt, wie Jekylls verächtliche Feigheit. Er ließ seine Wut in allerlei affenartigen Streichen aus: er kritzelte greuliche Gotteslästerungen in religiöse Bücher, die ich in früheren, glücklichen Zeiten mit Vorliebe gelesen, er verbrannte die Briefe und das Bild meines Vaters, und hätte ihn nicht die Angst vor dem Schafott daran gehindert, würde er sich der Polizei übergeben haben, bloß um mich in den Mord von Sir Danvers Carew zu verwickeln.

Es ist nutzlos, und die Zeit fehlt mir, dies Geständnis zu verlängern. Kein Mensch hat je gelitten, wie ich!

Wer weiß wie lange dieses schreckliche Doppelleben noch gedauert, wäre nicht das letzte Unglück über mich gekommen, das mich auf immer von meiner eigenen Gestalt, meiner ursprünglichen Natur getrennt. Mein Vorrat von dem Salze, dessen ich mich seit meinem ersten Versuch bediente, ging auf die Neige. Ich ließ mehr holen und mischte die verschiedenen Bestandteile – die Gärung folgte, auch der erste Wechsel der Farbe, aber der zweite blieb aus. Ich leerte das Glas, aber ohne Erfolg. Du weißt durch Poole, wie er ganz London durchsucht hat, das richtige Pulver zu finden – aber vergebens. Ich kam zu der Ueberzeugung, daß der erste Vorrat des Salzes verfälscht war, und es war gerade die unbekannte Quantität des fremden Zusatzes, der demselben Wirksamkeit verlieh.

Eine Woche ist seitdem vergangen; ich schreibe den Schluß dieses Bekenntnisses unter dem Einflusse des letzten der alten Pulver. Dies ist also das letzte Mal, daß Henry Jekyll selbständig denkt, daß er sein eigenes Gesicht im Spiegel sieht. Ich darf nicht zögern mit dem Ende, denn nur mit großer Vorsicht ist es mir gelungen, dies Bekenntnis vor Hyde zu verbergen. Sollte die Wandlung stattfinden, während ich schreibe, so würde er das Manuskript in Stücke reißen.

Das unabwendbare Ende nähert sich uns beiden.

Ich weiß, in einer halben Stunde werde ich zum letzten Male, und auf immer die verhaßte Gestalt annehmen.

Wie wird Hyde enden? Wird er auf dem Schafott sterben, oder wird er im letzten Augenblick den Mut haben, sich selbst zu befreien? Gott allein weiß es – was kümmert es mich?

Ich weiß, dies ist meine letzte Stunde; was folgt, betrifft *mich* nicht mehr. Und somit bringe ich das Leben des unglücklichen Henry Jekyll zu Ende.

*

Titelliste Taschenbuch-Literatur-Klassiker

Bd. 1 *Abenteuer und Fahrten des Huckleberry Finn*, Mark Twain, Bd. 2 *Andersens Märchen*, Hans Christian Andersen, Bd. 3 *Anton Reiser*, Karl Philipp Moritz, Bd. 4 *Aus dem Leben eines Taugenichts*, Joseph Freiherr v. Eichendorff, Bd. 5 *Bahnwärter Thiel*, Gerhard Hauptmann, Bd. 6 *Bambi Eine Lebensgeschichte aus dem Walde*, Felix Salten, Bd. 7 *Bauern, Bonzen und Bomben*, Hans Fallada, Bd. 8 *Bel Ami*, Guy de Maupassant, Bd. 9 *Bergkristall*, Adalbert Stifter, Bd. 10 *Candide oder der Optimismus*, Voltaire, Bd. 11 *Caspar Hauser oder Die Trägheit des Herzens*, Jakob Wassermann, Bd. 12 *Dantons Tod*, Georg Büchner, Bd. 13 *Das Bildnis des Dorian Grey*, Oscar Wilde, Bd. 14 *Das Dschungelbuch*, Rudyard Kipling, Bd. 15 *Das Fräulein von Scuderi*, ETA Hoffmann, Bd. 16 *Das Gemeindekind*, Marie v. Ebner-Eschenbach, Bd. 17 *Das Heptameron*, Margarete v. Navarra, Bd. 18 *Märchenbriefbuch der heiligen Nächte*, Max Dauphtendey, Bd. 19 *Das Marmorbild*, Joseph v. Eichendorff, Bd. 20 *Das Schloss*, Franz Kafka, Bd. 21 *Das Urteil*, Franz Kafka, Bd. 22 *David Copperfield*, Charles Dickens, Bd. 23 *Der abenteuerliche Simplizissimus*, Grimmelshausen, Bd. 24 *Der arme Spielmann*, Franz Grillparzer, Bd. 25 *Der eingebildete Kranke*, Moliere, Bd. 26 *Der ewige Spießer*, Ödön v. Horváth, Bd. 27 *Der Fürst*, Nocolò Machiavelli, Bd. 28 *Der Glöckner von Notre Dame*, Victor Hugo, Bd. 29 *Der goldene Esel, Apuleius, Bd. 30 Der goldene Topf*, ETA Hoffmann, Bd. 31 *Der Graf von Monte Christo*, Alexandre Dumas, Bd. 32 *Der grüne Heinrich*, Gottfried Keller, Bd. 33 *Der kleine Häwelmann und andere Märchen*, Theodor Storm, Bd. 34 *Der kleine Lord*, Frances Hodgson Burnett, Bd. 35 *Der letzte Mohikaner*, James Fenimore Cooper, Bd. 36 *Der Prozess*, Franz Kafka, Bd. 37 *Der Sandmann*, ETA Hoffmann, Bd. 38 *Der Schimmelreiter*, Theodor Storm, Bd. 39 *Der Schuss von der Kanzel*, Conrad Ferdinand Meyer, Bd. 40 *Der Seewolf*, Jack London, Bd. 41 *Der seltsame Fall des Dr. Jekyll und Mr. Hyde*, Robert Louis Stevenson, Bd. 42 *Der Stechlin*, Theodor Fontane, Bd. 43 *Der Sturmheidhof (Sturmhöhe)*, Emily Brontë, Bd. 44 *Der Tor und der Tod*, Hugo v. Hofmannsthal, Bd. 45 *Der Weg ins Freie*, Arthur Schnitzler, Bd. 46 *Der zerbrochene Krug*, Heinrich v. Kleist, Bd. 47 *Deutsches Märchenbuch*, Ludwig Bechstein, Bd. 48 *Deutschland. Ein Wintermärchen*, Heinrich Heine, Bd. 49 *Die Abenteuer der sieben Schwaben*, Ludwig Aurbacher, Bd. 50 *Die Burg von Otranto*, Horace Walpole, Bd. 51 *Die drei Musketiere*, Alexandre Dumas, Bd. 52 *Die Elixiere des Teufels*, ETA Hoffmann, Bd. 53 *Die Geschichte meines Lebens*, Georg Ebers, Bd. 54 *Die Insel Felsenburg*, Johann Gottfried Schnabel, Bd. 55 *Die Judenbuche*, Annette v. Droste-Hülshoff, Bd 56. *Die Kameliendame*, Alexandre Dumas, Bd. 57 *Die Kartause von Parma*, Stendhal, Bd. 58 *Die Kreutzersonate*, Lew Tolstoi, Bd. 59 *Die Leiden des jungen Werther*, Johann Wolfgang v. Goethe, Bd. 60 *Die Leute von Seldvyla I*, Gottfried Keller, Bd. 61 *Die Leute von Seldvyla II*, Gottfried Keller, Bd. 62 *Die Marquise*, George Sand, Bd. 63 *Die Marquise von O.*, Heinrich v. Kleist, Bd. 64 *Die Memoiren der Fanny Hill*, John Cleland, Bd. 65 *Die Ratten*, Gerhard Hauptmann, Bd. 66 *Die Räuber*, Friedrich v. Schiller, Bd. 67 *Die Regentrude*, Theodor Storm, Bd. 68 *Die Reisen des Baron zu Münchhausen*, Bd. 69 *Die Schatzinsel*, Robert Louis Stevenson, Bd. 70 *Die Verlobten*, Allessandro Manzoni, Bd. 71 *Die Verwandlung*, Franz Kafka, Bd. 72 *Die Verwirrungen des Zöglings Törleß*, Robert Musil, Bd. 73 *Die Waffen nieder*, Berta von Suttner, Bd. 74 *Die Wahlverwandtschaften*, Johann Wolfgang v. Goethe, Bd. 75 *Don Carlos*, Friedrich v. Schiller, Bd. 76 *Eduards Traum*, Wilhelm Busch, Bd. 77 *Effi Briest*, Theodor Fontane, Bd. 78 *Egmont*, Johann Wolfgang v. Goethe, Bd. 79 *Ein Held unserer Zeit*, Michail Lermontoff, Bd. 80 *Einsichten und Ausblicke*, Gerhard Hauptmann, Bd. 81 *Emilia Galotti*, Gottold Ephraim Lessing, Bd. 82 *Erinnerungen aus galanter Zeit*, Giacomo Casanova, Bd. 83 *Erzählungen*, Wilhelm Busch, Bd. 84 *Es waren zwei Königskinder*, Theodor Storm, Bd. 85 *Essays*, Michel de Montaigne, Bd. 86 *Franz Sternbalds Wanderungen*, Ludwig Tieck, Bd. 87 *Fräulein Else*, Arthur Schnitzler, Bd. 88 *Frühlings Erwachen*, Frank Wedekind, Bd. 89 *Gedanken*, Blaise Pascal, Bd. 90 *Gefährliche Liebschaften*,

Pierre-Ambroise-François Choderlos de Laclos, Bd. 91 *Gegen den Strich*, Joris-Karl Huysmany, Bd. 92 *Geschichte des Fräuleins von Sternheim*, Sophie v. La Roche, Bd. 93 *Geschichte vom braven Kasperl und dem Annerl*, Clemens Brentano, Bd. 94 *Geschichten aus dem Wienerwald*, Ödön v. Horváth, Bd. 95 *Glanz und Elend der Kurtisanen*, Honore de Balzac, Bd. 96 *Glück und Unglück der berühmten Moll Flanders*, Daniel Defoe, Bd. 97 *Götz von Berlichingen*, Johann Wolfgang v. Goethe, Bd. 98 *Gullivers Reisen*, Jonathan Swift, Bd. 99 *Heidis Lehr und Wanderjahre*, Johann Spyri, Bd. 100 *Heinrich von Ofterdingen*, Novalis, Bd. 101 *Hiob Roman eines einfachen Mannes*, Joseph Roth, Bd. *102 Immensee*, Theodor Storm, Bd. 103 *Iphigenie auf Tauris*, Johann Wolfgang v. Goethe, Bd. 104 *Italienische Märchen*, Clemens Brentano, Bd. 105 *Ivannhoe*, Walter Scott, Bd. 106 Jahrmarkt der Eitelkeiten, William Makepaece Thackeray, Bd. 107 *Jane Eyre*, Charlotte Brontë, Bd. 108 *Jugend ohne Gott*, Ödön v. Horvath, Bd. 109 *Jürg Jenatsch*, Conrad Ferdinand Meyer, Bd. 110 *Kabale und Liebe*, Friedrich v. Schiller, Bd. 111 *Kasimir und Karoline*, Ödön v. Horvath, Bd. 112 *Kinder- und Hausmärchen*, Gebrüder Grimm, Bd. 113 *Kleiner Mann, was nun*, Hans Fallada, Bd. 114 *König Alkohol*, Jack London, Bd. 115 *Krambambuli*, Marie Ebner-Eschenbach, Bd. 116 *Lausbubengeschichten*, Ludwig Thoma, Bd. 117 *Lavinia - Pauline - Kora*, George Sand, Bd. 118 *Leben und Lüge*, Detlev von Liliencron, Bd. 119 *Lebensansichten des Katers Murr*, ETA Hoffmann, Bd. 120 *Lenz. Der hessische Landbote*, Georg Büchner, Bd. 121 *Lieutenant Gustl*, Arthur Schnitzler, Bd. 122 *Lord Jim*, Joseph Conrad, Bd. 123 *Luise*, Johann Heinrich Voß, Bd. 124 *Madame Bovary*, Gustave Flaubert, Bd. 125 *Märchen*, Wilhelm Hauff, Bd. 126 *Maria Stuart*, Friedrich v. Schiller, Bd. 127 *Max Havelaar*, Multatuli, Bd. 128 *Meister Floh*, ETA Hoffmann, Bd. 129 *Michael Kohlhaas*, Heinrich v. Kleist, Bd. 130 *Minna von Barnhelm*, Gotthold Ephraim Lessing, Bd. 131 *Moby Dick*, Hermann Melville, Bd. 132 *Nathan, der Weise*, Gotthold Ephraim Lessing, Bd. 133-1 und 133-2 *Nils Holgersson wunderbare Reise*, Selma Lagerlöf, Bd. 134 *Niels Lyne*, Jens Peter Jacobsen, Bd. 135 *Nußknacker und Mausekönig*, ETA Hoffmann, Bd. 136 *Oliver Twist*, Charles Dickens, Bd. 137 *Onkel Toms Hütte*, Herriett Beecher Stowe, Bd. 138 *Peter Schlemihls wundersame Geschichte*, Adalbert v. Chamisso, Bd. 139 *Peterchens Mondfahrt*, Gerdt v. Bassewitz, Bd. 140 *Pinocchio*, Carlo Collodi, Bd. 141 *Reinecke Fuchs*, Johann Wolfgang v. Goethe, Bd. 142 *Rheinmärchen*, Clemens Brentano, Bd. 143 *Rinaldo Rinaldini*, Christian August Vulpius, Bd. 144 *Robinson Crusoe*, Daniel Defoe, Bd. 145 *Romeo und Julia*, William Shakespeare Bd. 146 *Schach von Wuthenow*, Theodor Fontane, Bd. 147 *Schachnovelle*, Stefan Zweig, Bd. 148 *Schatzkästlein des rheinischen Hausfreundes*, Johann Peter Hebel, Bd. 149 *Schelmuffskys Reisebeschreibung*, Christian Reuter, Bd. 150 *Schloss Gripsholm*, Kurt Tucholsky, Bd. 151 *Siebenkäs*, Jean Paul, Bd. 152 *Sternstunden der Menschheit*, Stefan Zweig, Bd. 153 *Tao te king*, Laotse, Bd. 154 *Till Eulenspiegel*, Hermann Bote, Bd. 155 *Tolldreiste Geschichten*, Honorè de Balzac, Bd. 156 *Tom Jones, Geschichte eines Findelkindes*, Henry Fielding, Bd. 157 *Tom Sawyers Abenteuer und Streiche*, Mark Twain, Bd. 158 *Troquato Tasso*, Johann Wolfgang v. Goethe, Bd. 159 *Traumnovelle*, Arthur Schnitzler, Bd. 160 *Trost der Philosophie*, Boethius, Bd. 161 *Über den Umgang mit Menschen*, Adolph Freiherr v. Knigge, Bd. 162 *Uli der Knecht*, Jeremias Gotthelf, Bd. 163 *Uli der Pächter*, Jeremias Gotthelf, Bd. 164 *Ungeduld des Herzens*, Stefan Zweig, Bd. 165 *Ut oler Welt*, Wilhelm Busch, Bd. 166 *Vater Goriot*, Honorè de Balzac, Bd. *167 Väter und Söhne*, Ivan Sergejeviç Turgenev, Bd. 168 *Verlorene Illusionen*, Honorè de Balzac, Bd. 169 *Von der Freiheit eines Christenmenschen*, Martin Luther – Bd. 170 *Von der Ursache, dem Prinzip und dem Einen*, Bruno Giordano, Bd. 171 *Vor Sonnenuntergang*, Gerhard Hauptmann, Bd. 172 *Walden oder Leben in den Wäldern*, Henry D. Thoreau, Bd. 173 *Wilhelm Meisters Lehrjahre*, Johann Wolfgang v. Goethe, Bd. 174 *Wilhelm Meisters Wanderjahre*, Johann Wolfgang v. Goethe, Bd. 175 *Wilhelm Tell*, Friedrich v. Schiller